La captive d'Al Ankhara

Chère lectrice,

Un séjour au bout du monde, dépaysant, ressourçant, stimulant… N'avez-vous jamais rêvé de faire un tel voyage qui changerait votre vie à tout jamais, par exemple dans le désert ? Comment ne pas se laisser éblouir par cette immensité de sable, envoûter par ces splendides cieux nocturnes, séduire par le mode de vie ancestral des peuplades nomades qui y vivent ? C'est ce voyage unique que pensait accomplir Layla, l'héroïne de *La captive d'Al Ankhara* (n°2916 — deuxième volet de la trilogie « Irrésistibles cheikhs » de Sandra Marton). Mais la jeune femme va rapidement déchanter et se retrouver plongée dans un véritable cauchemar, avant d'être sauvée par le beau cheikh Khalil d'Al Ankhara.

C'est un univers tout différent que je vous propose de découvrir dans le roman d'Emma Darcy (*L'héritière indomptable*, n° 2915), celui des courses hippiques. Sally, la ravissante héroïne de ce roman, est une cavalière émérite. Mais elle va devoir affronter un obstacle de taille en la personne de l'homme venu se venger d'elle et de sa famille… C'est aussi une passionnée de chevaux que vous rencontrerez dans *Une revanche implacable* (n°2909) : Jessica va devoir se mesurer à un ténébreux milliardaire, qui se trouve être le nouveau propriétaire du domaine familial.

Et, bien sûr, je vous invite à faire la connaissance de toutes les autres héroïnes des romans de ce mois-ci, parmi lesquels ceux de Lucy Monroe, Anne Mather…

Très bonne lecture !

La responsable de collection

SANDRA MARTON

La captive d'Al Ankhara

COLLECTION AZUR

éditions Harlequin

Cet ouvrage a été publié en langue anglaise
sous le titre :
THE SHEIKH'S WAYWARD WIFE

Traduction française de
BARNABÉ D'ALBES

HARLEQUIN®

est une marque déposée du Groupe Harlequin
et Azur ® est une marque déposée d'Harlequin S.A.

83-85, boulevard Vincent-Auriol, 75013 PARIS — Tél. : 01 42 16 63 63

Service Lectrices — Tél. : 01 45 82 47 47
www.harlequin.fr

ISBN 978-2-2808-0935-1 — ISSN 0993-4448

1.

Dès qu'il parvint sur la terrasse de la salle de bal, Khalil se sentit apaisé. Il contempla la longue plage déserte et la mer. Dans la nuit étoilée, le croissant de lune enveloppait la voûte céleste d'un halo d'ivoire. La rumeur de l'orchestre et des conversations s'échappait de la grande porte entrouverte, mais il était seul.

Seul, face à ses réflexions.

La brise maritime était tiède et parfumée, le paysage nocturne enchanteur, mais Khalil n'était pas revenu à Al Ankhara pour le plaisir. Il était ici pour affaires.

Autour de lui, chaque élément du décor était familier : le palais d'architecture mauresque, le sable blanc, la mer s'allongeant à perte de vue… Il était né ici. Une légende disait que son pays était aussi ancien que la mer, aussi éternel que le désert. En des temps reculés, le royaume avait appartenu aux guerriers. Désormais, il luttait pour trouver sa nouvelle identité dans un monde métamorphosé.

Khalil appartenait aussi à l'*autre* monde, et si son cœur restait toujours ici, au sein de cette terre sauvage et sublime, il y avait déjà dix ans qu'il s'était établi à New York.

Aujourd'hui, il était inquiet.

Sur la demande expresse de son père, il avait fait ce long voyage pour atterrir à Al Ankhara au matin. Le vieux sultan avait invoqué une affaire d'Etat de la plus extrême urgence. Cette requête n'était guère opportune et, en général, Khalil avait plutôt tendance à manifester sa défiance à l'égard des vieilles coutumes. Néanmoins, il respectait son père : aussi était-il venu sans discuter, laissant derrière lui la signature d'un contrat d'un milliard de dollars et sa toute nouvelle conquête féminine…

Il s'était préparé au pire. « Une affaire d'Etat »… « Une urgence »… Mais à son arrivée, il avait été reçu comme s'il faisait une simple visite de courtoisie !

Le cheik Khalil Al Kadar, prince héritier du royaume d'Al Ankhara, Haut Protecteur de son peuple et descendant suprême du trône du Lion et du Glaive, entre autres titres, poussa un long soupir de découragement.

Entouré par la traditionnelle coterie de ministres, son père lui avait chaleureusement ouvert les bras.

— Je te félicite, mon fils, avait-il déclaré. Tu n'as pas perdu de temps pour venir.

— Bien sûr que non, père, avait répondu Khalil. Votre message semblait urgent.

Jal, le premier ministre, avait alors murmuré quelques mots à l'oreille du sultan, qui avait hoché la tête avant de sourire à Khalil :

— Oui, en effet. Mais pour l'heure, j'ai un travail important à terminer.

— Mais… Et cette affaire de première urgence ?

— Dans un petit moment.

Le « petit moment » s'était changé en heures, et la curiosité initiale de Khalil s'était bientôt muée en impatience, puis en irritation. Son humeur ne s'était guère éclaircie quand le secrétaire de son père avait frappé à la porte de ses appartements en fin d'après-midi, pour l'informer que le sultan le verrait lors du dîner officiel.

Khalil était las de cette mascarade. Quelle affaire urgente pouvait être évoquée dans une salle occupée par deux cents convives ?

Il avait fait bonne figure, durant le repas. Autant que possible. Mais au bout d'une heure et demie, comme son père ne paraissait toujours pas disposé à l'éclairer et se consacrait exclusivement à ses hôtes, il s'était fait excuser pour venir sur la terrasse, afin de comprendre ce que diable signifiait cette…

Ça alors !

Il releva brusquement les yeux : au loin, il y avait quelqu'un…

Intrigué, Khalil se pencha sur le balcon pour fixer la silhouette sortant du palais et se dirigeant vers la mer. Etonnant. Qui cela pouvait-il être ? Il était déjà tard, et cette plage strictement privée n'était accessible qu'au sultan et sa suite. D'ailleurs, elle était surveillée de près. S'agissait-il de l'un des invités ? Non… La silhouette portait une longue djellaba à capuchon. Un vêtement masculin. Or, tous les hommes présents dans la salle de bal étaient vêtus de costumes occidentaux.

Et puis… Cette personne n'était pas un homme, observa Khalil en empruntant l'escalier menant à la plage. Au vu de sa stature, il ne pouvait s'agir que d'un adolescent. S'il appartenait au corps des domestiques, il devait savoir qu'il était en train de commettre une faute en s'aventurant par ici.

Médusé, Khalil vit la silhouette s'arrêter au niveau de jonction du sable sec et de la mer. Puis, le garçon avança d'un pas, et l'eau immergea ses chevilles.

Bon sang, que faisait cet enfant ?

C'était une question stupide. Car déjà, il s'enfonçait dans les ondes peuplées de requins mangeurs d'hommes.

Jurant entre ses dents, Khalil dévala les dernières marches de l'escalier pour courir sur la plage.

En fermant la porte du harem derrière elle, Layla avait eu si peur d'être repérée que le martèlement de ses tempes l'avait assourdie. Mais ses oreilles avaient cessé de bourdonner depuis qu'elle avait atteint la plage.

Etre parvenue jusqu'ici était déjà un miracle !

Elle avait réussi à s'échapper sans que les gardes ne l'aperçoivent... Car les deux femmes qui, selon son père, devaient tenir le rôle de « servantes » et ne la lâchaient pas d'une semelle méritaient bien ce titre. Et quand elle avait demandé à son père quelle fonction exerçait son troisième compagnon, une énorme brute à la peau burinée et au sourire édenté, il avait prétendu qu'Ahmet était préposé à sa protection.

— Al Ankhara peut ressembler à un monde merveilleux, mais ce n'est qu'une illusion, avait-il précisé.

Sur ce point, il n'avait pas menti, songea-t-elle, amère. Derrière l'image des *Mille et Une Nuits*, le pays était loin de se résumer à une suite de minarets d'or et de fresques grandioses. Ce qu'elle avait vécu ces trois derniers jours en était la preuve.

Mais ce soir, au lieu de se lamenter, elle s'était concentrée sur son évasion, et lorsqu'elle avait aperçu un yacht jeter l'ancre à deux cents mètres du rivage, elle n'avait pas hésité à saisir sa chance. Encore fallait-il qu'elle parvienne à s'évader du superbe harem aux sols de marbre, labyrinthique et étroitement surveillé...

En début de soirée, ses deux servantes étaient venues

lui donner son bain. Comme d'habitude. La présence des deux femmes, tandis qu'elle se lavait, lui était toujours aussi intolérable. Quand elles avaient tenté de la revêtir de sa chemise de nuit, elle avait protesté.

Les deux femmes avaient ri.

Cela n'avait rien de drôle, mais elles s'amusaient sans cesse des particularités de leur prisonnière. De sa peau claire. De sa chevelure d'un blond cendré. De ses yeux bleus, et de sa constitution chétive, en regard de celle des femmes du pays…

Elles l'avaient donc affublée de ce vêtement de toile épaisse. Puis, elles l'avaient laissée seule dans la salle de bains pour déposer son repas dans la pièce principale. Et Layla avait alors déniché une vieille épingle à cheveux en or derrière le lavabo !

Son passeport vers la liberté.

Le cœur battant d'excitation, elle avait caché son précieux sésame dans le creux de sa main. Dès que les deux femmes étaient retournées rejoindre Ahmet, elle s'était tapie dans un coin de sa chambre, observant l'épingle en tremblant. Avec patience, elle avait attendu que la nuit tombe. Et quand elle avait acquis la certitude que ses gardes s'étaient éloignés, retenant son souffle, elle avait enfin fait jouer la serrure.

Par chance, il s'agissait d'une grosse et ancienne serrure, et l'épaisseur de l'épingle avait suffi à la faire céder !

Le harem donnait sur la plage. Layla avait couru, en espérant que personne ne la verrait depuis le palais.

Elle leva les yeux sur la mer. Deux cents mètres, peut-être un peu plus. C'était une longue distance à parcourir à la nage, mais il fallait qu'elle y parvienne.

L'eau était délicieusement tiède… Oui, elle allait

réussir ! Mais dès qu'elle s'enfonça, elle dut lutter contre sa djellaba trop rigide, qui entravait ses mouvements. Pourtant, le regard fixé sur le yacht, elle rassembla tout son courage et commença à…

Seigneur !

Quelque chose venait de s'accrocher à elle !

Terrifiée, elle lutta pour se libérer, mais comprit bientôt que la *chose* était forte et puissante… Un homme !

A la seconde où des bras solides se refermèrent sur elle, elle poussa un hurlement. Comment Ahmet était-il parvenu à la rattraper si vite ?

Non, non… Ce n'était pas Ahmet ! Le parfum de l'homme était frais, délicat…

Paniquée, elle se débattit de toutes ses forces, passant sous l'eau et refaisant surface, ignorant le flux d'adrénaline qui fusait dans ses veines et dominant sa terreur. Il *fallait* qu'elle s'évade ! Mais l'homme la saisit soudain par les poignets, et elle se sentit expulsée de l'eau.

Désespérée, elle donna de violents coups de pieds, en tous sens et à l'aveuglette. Mais c'était inutile.

Et son cri déchira le silence nocturne.

Durant une fraction de seconde, Khalil craignit que ce cri ne lui perce les tympans. Ça alors… C'était donc une femme ? La question ne se posait même pas. Cette créature enragée qui se débattait avec acharnement n'avait rien d'un garçon… Il avait effleuré ses seins, deviné la finesse de sa taille et senti ses longues jambes se plaquer contre son bas-ventre. Son trouble avait été immédiat.

Que lui arrivait-il ? Une chose était certaine : ce n'était

pas le moment d'y penser ! Il devait la maîtriser, car elle semblait prête à le tuer, s'il relâchait son emprise.

— *Bass !* aboya-t-il. *Bass !*

Mais il n'aurait pas eu plus de succès avec un tigre. Tout en ramenant la jeune femme vers le rivage, il lui agrippa les épaules pour la secouer et insista :

— *Shismak ?*

Elle ne répondit pas. Mais qui aurait répondu et donné son nom, en un moment pareil ? Stupéfait, Khalil constata que son corps réagissait de plus belle au contact de l'inconnue, de ses seins ronds et fermes, de sa peau satinée et de sa silhouette aux courbes délicates.

Etait-il en train de perdre la tête ? Cette femme était une intruse ! Le fait qu'elle ait réussi à s'introduire sur cette plage privée dépassait l'entendement. Elle n'était tout de même pas venue prendre un bain de minuit ! Qu'avait-elle cherché à faire ? Mettre fin à ses jours ?

Alors qu'il touchait le sable sec, Khalil perçut derrière lui un bruit de pas précipités. En se retournant vivement, il vit courir vers lui deux femmes et un géant armé d'une lame.

— Lâchez ça tout de suite, ordonna-t-il en décochant un regard noir au colosse.

L'homme le fixa, pâlit et tomba à genoux devant lui, bientôt imité par les deux femmes.

Durant un bref instant, chacun retint son souffle, et un étrange silence pesa sur la plage.

Layla tremblait et sentait toujours les mains puissantes de l'inconnu sur ses épaules. Il n'allait peut-être pas la tuer, finalement… Pourquoi ses servantes et Ahmet ne bougeaient-ils pas ? Que faisaient-ils, à plat ventre sur le sable, à lever leurs grands yeux écarquillés vers l'inconnu ?

Layla avait l'impression qu'un brouillard épais s'était emparé de son esprit, et sa terreur était telle qu'elle perdait toute faculté rationnelle.

L'homme venait de l'aider à se redresser et la dévisageait maintenant comme si elle était folle à lier. Pourquoi ? S'étonnait-il qu'elle ait voulu échapper à cet enfer ? Croyait-il qu'elle devait se contenter d'obéir aux ordres les plus insensés ? Et que sa rébellion suffisait à la faire condamner à l'enfermement définitif ? Oh, assez, assez… Elle n'en pouvait plus ! Elle ne voulait plus vivre dans cette peur constante !

— *Shismak !* répéta-t-il d'un ton autoritaire en plongeant son regard dans le sien.

Aussitôt, elle releva le menton. Toute sa fierté reprenait le dessus. Si sa dernière heure était venue, elle partirait dans la dignité, sans baisser la tête !

Dans l'obscurité, elle ne discernait rien de ce visage qui la défiait, sinon l'éclat mat de deux yeux inquisiteurs. Elle ne comprenait que quelques mots d'arabe et n'avait aucune idée de ce qu'il lui demandait, mais elle répliqua :

— *Shismak !*

Sans ciller. En soutenant son regard. Puis, elle se rappela l'insulte apprise une semaine plus tôt et ajouta, pour faire bonne figure :

— *Yahkreb beytak !*

Le résultat ne se fit pas attendre : une nouvelle fois, l'homme la considéra avec stupéfaction, comme si elle était atteinte de démence profonde. Tremblantes, ses deux servantes se cachèrent le visage de leurs mains, et Ahmet se releva, visiblement prêt à se jeter sur elle.

Mais l'inconnu l'en empêcha d'un geste avant de lui adresser quelques paroles incompréhensibles. Puis, il se retourna vers elle, comme s'il espérait une explication.

Savourant le silence terrifié de ses gardes, Layla afficha un sourire insolent et répéta lentement ce qu'elle venait de dire, détachant chaque syllabe pour être certaine d'être comprise.

Alors, l'homme s'avança d'un pas, et la lune éclaira enfin son visage.

Elle avait pu observer qu'il était grand et athlétique. Mais elle mesurait maintenant la largeur de ses épaules, et elle se sentit chanceler devant cette imposante silhouette. Quant à ses traits… Ils étaient d'une rare finesse. Si elle ne parvenait pas à distinguer la couleur de ses yeux, elle devinait la puissance charismatique de ce regard et découvrait avec stupeur la beauté sculpturale de cette mâchoire carrée, de ce long nez droit et de ces pommettes hautes. L'homme dégageait une aura magnétique et virile. Elle ne s'étonnait plus de la réaction de ses trois sbires. Ils avaient de quoi être impressionnés !

Soudain, elle se sentit très mal à l'aise dans sa djellaba qui lui collait au corps, révélant toutes les courbes de son intimité. L'homme la contemplait. Longuement. Trop longuement… Et le ressac des vagues associé à la chaleur de la nuit augmentait son malaise à chaque seconde.

Il ne l'avait pas lâchée, et quand il l'attira plus près de lui pour dessiner du bout de l'index les contours de son visage, elle se mit à trembler de tous ses membres.

D'un geste instinctif, elle tenta de lui échapper, mais il la maintint fermement et poursuivit son étrange caresse.

— Non…, murmura-t-elle.

Sans lui accorder la moindre attention, il arrima son regard au sien.

Oh, seigneur, son parfum et le contact de sa peau sur la sienne… Que lui arrivait-il ? Les frissons qui la parcouraient étaient bien différents de la terreur qu'elle avait ressentie un instant plus tôt.

Il fallait que cet homme la libère !

Son cœur s'était mis à battre sur un rythme effréné. S'il continuait à la regarder de cette manière, elle allait s'effondrer sur le sol, sans connaissance.

Mais soudain, il détourna les yeux et la lâcha pour la pousser entre les bras de l'une des servantes.

Durant quelques minutes, il interrogea les deux femmes, qui lui répondirent en rougissant, tête baissée. Layla n'avait aucune idée de ce qu'ils se disaient. Etaient-ils en train de s'accorder sur un châtiment approprié ?

Qu'allaient-ils lui faire ?

Sa peur revenait, et elle ferma les yeux un court instant en espérant que sa dernière heure ne soit pas venue…

Mais quand elle rouvrit les yeux, elle vit l'inconnu tourner les talons et disparaître dans la nuit.

2.

Khalil emprunta une porte dérobée pour rentrer au palais. Ce passage découvert alors qu'il était enfant lui avait souvent permis de contourner les règles trop rigides de l'étiquette.

Avec humeur, il prit la direction de ses appartements. Il n'avait aucune intention de retourner dans la salle de bal, et la scène à laquelle il venait d'assister lui avait coupé l'appétit. S'était-il trouvé dans la position d'un témoin gênant, face à un règlement de comptes strictement privé ? Cet incident lui avait laissé un goût amer dans la bouche. Mais d'un autre côté, songea-t-il en entrant chez lui, il avait l'impression d'avoir été plongé dans un vrai mélodrame…

Jurant entre ses dents, il baissa les yeux sur ses chaussures et son costume trempés. Voilà ce qui arrivait aux hommes qui rattrapaient des demoiselles en détresse, nues sous leur djellaba…

Car en la tenant dans ses bras, il avait pu découvrir chaque courbe de son corps, exactement comme si elle avait été nue. Tout en retirant ses vêtements, il songea encore à cet étrange accoutrement. Une tenue d'homme. Pourquoi cette jeune femme se promenait-elle ainsi ?

Dans l'eau, la toile s'était collée à sa peau, épousant

tous les détails de son anatomie. Khalil ferma les yeux en se rappelant la rondeur de ses seins et la forme si féminine de ses hanches saillantes…

Il serra les poings. Bon sang !

Très bien, elle avait éveillé en lui une réaction indéniable, pensa-t-il en enfilant un épais peignoir. Et alors ? Il était un homme ! Il n'y avait pas de quoi en être gêné…

Et il était ici pour résoudre des problèmes bien plus importants ! Néanmoins, certaines questions le poursuivaient. Qui était-elle ? Comment une femme blonde en djellaba s'était-elle retrouvée sur cette plage privée en pleine nuit ? Pourquoi s'était-elle jetée à la mer ?

L'une de ses servantes avait affirmé qu'elle était la fille d'un riche marchand, sur le point de se marier. Mais elle avait également prétendu que la jeune fille avait voulu prendre un bain de mer, en dépit des avertissements de sa suite.

Hum. C'était peu convaincant. En réalité, l'homme et les deux femmes avaient couru après elle comme s'ils cherchaient à l'empêcher de fuir. De toute façon, si cette jeune femme était bien leur maîtresse, de quel droit lui interdisaient-ils un bain de minuit ? Et qui était assez stupide pour aller nager en djellaba ?

Khalil s'assit sur son lit et réfléchit. A présent, il se reprochait de ne pas avoir interrogé directement la jeune femme, et de s'être contenté des explications de ses domestiques.

Elle ne lui avait presque rien dit… Mais il avait cru discerner un accent, dans sa voix. Dire qu'elle l'avait traité de singe et de chien… Et qu'il l'avait laissée faire !

Car, durant un bref instant, il avait été sur le point de l'embrasser. Enfin, pas vraiment… Non, il n'aurait pas cédé à ce désir. Et puis, il savait désormais qu'elle appartenait à un autre homme.

Non.

Il fronça les sourcils : ces idées n'étaient pas les siennes. Une femme n'était pas un objet, et aucun homme ne pouvait prétendre la *posséder*.

Mais pourquoi diable avait-il eu envie de l'embrasser ? Et pourquoi pensait-il encore à cette étrangère qu'il ne reverrait jamais ?

La lumière du couloir s'alluma soudain, et un vieil homme entra dans le salon pour s'agenouiller devant la cheminée et y déposer une bûche.

— Hassan ! lança Khalil d'un ton de reproche. Que faites-vous ici si tard ?

— Je suis venu préparer votre coucher, mon seigneur, répondit l'homme.

Khalil soupira et s'approcha de lui :

— C'est ridicule, Hassan… Combien de fois vous ai-je dit que vous n'aviez pas à m'attendre ? Rentrez chez vous et allez dormir.

— Ce ne serait pas convenable, prince Khalil, protesta le vieil homme. Je suis votre serviteur, et je dois demeurer à votre disposition.

— Je suis adulte. Je peux me débrouiller seul.

— Vous êtes mon prince… La tradition est formelle, et…

— Même la tradition admettrait qu'il est tard, coupa Khalil en passant son bras autour des épaules d'Hassan pour l'aider à se relever. Merci d'avoir veillé tard pour moi. Mais ça ira, maintenant.

Vaincu, son serviteur lui adressa un regard contrit et s'éclipsa.

Khalil demeura songeur un long moment. Parmi

l'interminable liste de réformes qu'il entendait mener lorsqu'il serait souverain d'Al Ankhara, l'une des premières concernait le statut des domestiques royaux. Cette déférence excessive, cette soumission à une étiquette d'un autre âge et ces révérences incessantes n'étaient pas acceptables. Il voulait voir évoluer autour de lui des gens souriants et décontractés, et non des statues de cire affichant un masque impénétrable.

Il adorait Hassan, qu'il connaissait depuis son plus jeune âge. Cet homme à l'esprit subtil et aux manières discrètes était peut-être son meilleur allié, au palais.

Et en songeant à la complicité qui les unissait, il se rappela l'étrange attitude des servantes de l'inconnue. Il y avait aussi ce géant aux allures de molosse... Décidément, cette affaire était curieuse. Qui cette jeune fille devait-elle épouser ? Ici, les femmes fiancées étaient traitées avec tous les honneurs : elles étaient richement vêtues, et leur nombreuse suite veillait à satisfaire tous leurs désirs.

Troublé, Khalil retourna vers la fenêtre et promena un regard songeur sur la plage de nouveau déserte. Plus rien n'indiquait le passage récent d'une inconnue aux cheveux blonds et au corps de rêve...

Fermant les yeux, il se rappela le parfum de sa peau et la chaleur de ses seins.

Mieux valait qu'il aille se coucher. Après tout, cet incident révélait qu'il menait une vie chaste depuis deux mois et que cette abstinence ne lui réussissait guère. Avant de quitter New York, il avait rencontré une charmante jeune femme avec laquelle il avait passé une soirée, et dont il aurait aimé faire sa maîtresse... Mais il n'en avait pas eu le temps. Il faudrait donc qu'il ronge son frein jusqu'à son retour, pensa-t-il avec humeur en passant dans la cabine de douche.

Le jet chaud apaisa un peu son anxiété, et il sortit bientôt de la salle de bains pour se glisser entre les draps de son grand lit. Les yeux braqués au plafond, il se mit à rêver à la manière dont la jeune New-Yorkaise l'accueillerait, lors de leur prochaine sortie au théâtre ou au restaurant. Peut-être porterait-elle l'une de ces robes sophistiquées, que l'on trouvait chez Saks ou Henri Bendel…

Ah, cela lui était égal !

Il était incapable de rester concentré sur elle. Mais quel homme pouvait être assez désespéré pour fantasmer sur une étrangère vêtue d'une djellaba de grosse toile ?

Bon sang… Il ne parvenait pas à effacer ce visage de sa mémoire.

Dès le lendemain, il exigerait de son père qu'il lui révèle la raison de sa présence ici. Puis, il s'acquitterait de sa mission, quelle qu'elle soit, et s'envolerait bien vite pour New York.

C'était urgent.

Khalil avait reçu un message de son père dès son lever : le sultan l'attendrait pour le petit déjeuner dans l'une des cours intérieures.

Quand il parvint sur la ravissante terrasse plantée d'orangers et de palmiers, il trouva son père déjà installé à table.

— Tu as bien dormi, mon fils ? demanda celui-ci en l'embrassant.

— Oui, père, merci.

— Alors assieds-toi et mange, mon fils. Tu dois être affamé ! Tu n'as presque rien avalé, hier soir.

Khalil releva la tête vers lui et sourit. Son père venait simplement de lui prouver qu'il lui accordait toute son attention, et il en était touché. Durant son enfance, il avait rarement eu l'occasion de côtoyer le sultan. Leur relation était tissée de respect, mais leur affection mutuelle resterait à jamais bridée par une sorte de timidité. Une pudeur transmise par leur statut royal. Pourtant, cette affection n'en était pas moins réelle et profonde.

— Et ton voyage ? reprit le vieil homme. Il s'est bien passé ? Tu apprécies ton nouveau jet ?

— Oui, père, répondit sobrement Khalil en s'efforçant de ne pas trahir son impatience.

— Hum, je vois… Tu aimerais surtout que je te dise enfin pourquoi je t'ai rappelé ici, n'est-ce pas ? répliqua le vieil homme, une lueur malicieuse dans les yeux.

— Oui, admit-il.

Son père ne répondit pas et l'invita à déguster les pâtisseries et les fruits disposés devant eux.

Enfin, quand ils eurent pris une dernière tasse de café, le sultan se leva, et Khalil le suivit vers les jardins.

— Viens marcher un peu avec moi, mon fils. Je vais te montrer mes plus belles roses…

De bonne grâce, Khalil admira les bosquets et les fleurs durant quelques minutes avant d'observer un long silence.

— Tu es fâché que j'aie exigé ton retour, mon fils, lança soudain le vieil homme.

Khalil détourna les yeux et acquiesça :

— J'étais au beau milieu d'une importante négociation.

— Et pourtant, tu es venu, répondit son père en

souriant. Je t'en sais gré, Khalil. Tu es mon héritier, et tu sais depuis ta naissance qu'il est de ton devoir de tout faire pour ton pays.

— Oui, père. Je le sais.

Le sultan se tut un instant avant de reprendre :

— La nuit dernière, sur la plage, tu as rencontré une femme.

A ces mots, Khalil leva vers lui un regard étonné. Il était donc impossible de garder la moindre affaire privée, à Al Ankhara ? C'était l'un des nombreux détails qui l'irritaient. Sa position au palais lui valait d'être observé par tous.

— Oui. Et alors ?

— Elle s'appelle Layla.

Layla. Un prénom féminin, qui lui allait parfaitement... Son visage gracieux s'imposa aussitôt à son esprit.

— Oui, euh... Que vouliez-vous me dire à son sujet, père ? s'enquit-il, mal à l'aise.

— Elle est sur le point de se marier.

— C'est également ce que m'ont révélé ses servantes, approuva-t-il.

— Et il s'agit d'une union de la première importance, poursuivit le sultan. Son père est le cheik Omar al Assad.

— Vraiment ? s'étonna Khalil. C'est curieux, je ne pensais pas qu'elle pouvait appartenir à une famille très...

— Et l'homme auquel elle est promise n'est autre que Butrus al Ali, le coupa son père.

Stupéfait, Khalil s'immobilisa.

— Quoi ? Le chef rebelle ?

Le sultan hocha la tête en signe d'assentiment et précisa :

— Il ne méritera plus ce titre quand les noces auront été célébrées. Butrus a accepté de me jurer allégeance, tout comme Omar. Cette union est une bénédiction pour notre royaume, Khalil. Nous allons enfin enterrer une vieille querelle et offrir la paix à notre peuple.

Pensif, Khalil opina du chef, songeant que ce mariage était donc une affaire d'Etat. Bien sûr, ces alliances organisées pour raisons politiques n'étaient pas seulement pratiquées dans cette partie du monde. De tout temps et sur chaque continent, on avait scellé la paix de cette manière et permis à des familles régnantes de prospérer.

Pourtant, cette union-là le gênait. La jeune femme blonde de la plage, promise à Butrus ? Bien des années plus tôt, il avait rencontré le vieux rebelle. Et il se rappelait sa physionomie peu engageante, son embonpoint, ses longs cheveux gras et son haleine fétide.

Comment l'exquise apparition nocturne allait-elle supporter la présence de cet homme jusqu'à la fin de ses jours ?

— Khalil ?

— Oui ?

— Tu as écouté ce que je viens de te dire ?

— Oui. J'essayais de me souvenir de cet homme. La jeune femme sait-elle que ce mariage doit sceller la paix dans la région ?

Le sultan haussa les épaules.

— Peu importe. Du moment qu'elle souhaite épouser Butrus…

— Mais, elle est très séduisante, opposa-t-il.

— Elle n'est pas seulement séduisante, répondit son père en souriant. Elle est d'une rare beauté.

— Tu la connais ? s'étonna-t-il.

— Naturellement. Elle m'a été brièvement présentée par son père, hier, au tout début de la soirée. D'ailleurs, Omar se félicite de recevoir des mains de Butrus une forte somme d'argent.

Désarçonné par ces informations contradictoires, Khalil observa une courte pause.

— Je ne comprends pas… Si c'est un grand mariage, pourquoi n'as-tu pas célébré l'événement en invitant toute sa suite au palais ? Pourquoi n'est-elle accompagnée que par deux servantes et un molosse ?

— Il convient de demeurer discret, mon fils, expliqua le sultan. Certains rebelles ne manqueraient pas de s'opposer à cette union, si elle devenait officielle avant l'heure.

Khalil hocha la tête. Son père avait raison. Omar avait de nombreux ennemis. De même que Butrus. Et, hélas, le sultan lui-même n'était pas à l'abri d'une fronde.

Mais il ne pouvait s'empêcher de songer que quelque chose ne fonctionnait pas, dans ce scénario. Cette jeune femme était-elle obnubilée par la gloire et la fortune, pour avoir accepté de lier son destin à un personnage aussi infect que Butrus ?

Alors, pour quelle raison avait-elle plongé dans la mer en pleine nuit ? Pour se tuer, ou… retrouver sa liberté ?

Non, c'était impossible.

— Je vois, murmura-t-il. Mais cette Layla ? A-t-elle rencontré son futur époux ?

— Elle sait qu'il est riche et puissant, et elle obéit au désir de son père, déclara le sultan.

— Oui, mais…

— Il n'y a pas de « mais », coupa son père. Tu n'es pas en Occident, mon fils. Cette jeune femme a été élevée ici et elle sait qu'elle doit se soumettre à la volonté de son père.

Il marqua une courte pause avant d'ajouter :

— Comme toi.

— Très bien, répliqua Khalid, légèrement irrité. Alors allez-vous me dire pour quelle raison vous m'avez rappelé ?

— Oui. J'ai une mission à te confier, mon fils. Une mission extrêmement importante.

Ignorant les frissons glacés qui lui parcouraient la nuque, Khalil demanda :

— Laquelle ?

— Tu voulais savoir pourquoi Layla voyageait sans grande escorte. Et je t'ai dit qu'il en était ainsi pour des raisons de sécurité.

— Certes, objecta-t-il. Mais il ne s'agit pas de sa sécurité à elle : vous voulez être sûr que ce mariage aura bien lieu.

— C'est la même chose, conclut le sultan en haussant les épaules.

Mais Khalil ne partageait pas cet avis. Il était certain qu'en découvrant le visage de son futur mari, cette malheureuse jeune femme aurait une attaque. A moins que… A moins qu'elle n'appartienne à la catégorie de ces femmes prêtes à tout pour des bijoux, des voyages et une vie de luxe.

Et au fond, cette affaire ne le concernait pas !

— Je crains que cette alliance ne soit déjà plus un secret, enchaîna le sultan. Des rumeurs jaillissent, ici et là. Il faut à tout prix éviter un attentat. Cette femme doit être remise à Butrus comme convenu.

Khalil hocha la tête, incapable de chasser de son esprit l'image de la jeune femme trempée et haletante, sur le sable. Il sentait presque son corps pressé contre le sien, l'harmonie délicate de ses courbes…

— Je suis certain que vos ministres auront déjà concocté un plan à ce sujet, lança-t-il. C'est facile : il suffit d'augmenter la suite de cette jeune fille de cinquante cavaliers armés jusqu'aux dents et chevauchant les plus beaux étalons de nos écuries… Non ? Pourquoi secouez-vous la tête, père ?

— Pas de chevaux, objecta le sultan avec un geste impatienté de la main. Pas de cirque médiéval.

Khalil ne put réprimer un rire moqueur.

— Mais c'est *déjà* un cirque médiéval ! Vous le savez aussi bien que moi.

— Mon fils, il existe des moyens simples et efficaces pour assurer la sécurité d'une femme issue d'une grande lignée ! protesta son père.

— Vraiment ? Lesquels ?

Le sultan s'approcha de lui et planta son regard dans le sien.

— Tu es mon héritier. Tu es le cheik Khalil Al Kadar, prince héritier du royaume d'Al Ankhara, Haut Protecteur de son peuple et descendant suprême du trône du Lion et du Glaive !

— Père…

— Et tu vas escorter personnellement cette jeune femme pour la donner à son fiancé.

A ces mots, Khalil recula d'un pas et s'exclama vivement :

— Non !

— Ton jet vous emmènera, elle et toi, jusqu'à la cité de Kasmir. Et selon la tradition, Butrus vous accueillera là-bas.

— Père, ne m'avez-vous pas entendu ? Je me refuse à…

— Tu auras beaucoup d'hommes avec toi, bien sûr, enchaîna le sultan. Mais au lieu de chevaucher des étalons et de brandir des sabres, ils porteront leur uniforme de garde du corps et des armes plus contemporaines. Tu me suis ? Mais je puis t'assurer qu'il ne s'agit que d'une mesure de prudence. Butrus sera impressionné, ta présence sera le symbole de la bénédiction de cette union par notre royaume, et personne n'osera un geste déplacé.

— C'est hors de question, rétorqua sèchement Khalil. Un contrat très important m'attend à New York.

— Rien n'est plus important que le respect que tu dois à ton peuple et à ta nation.

— Livrer à un rebelle ignoble une femme qu'il a achetée n'a rien à voir avec le respect de mon pays !

— Au contraire, insista son père. C'est un grand honneur qui t'est fait. Et personne n'a acheté qui que ce soit ! Ces pratiques n'existent pas, à Al Ankhara !

Khalil serra les poings.

— Vous pouvez peut-être croire à ce discours, père, mais je ne serai pas si facilement convaincu.

— Tu oublies ta position, mon fils, objecta sèchement le sultan.

A ces mots, Khalil comprit qu'il s'était laissé emporter par la colère au point de s'adresser à son père d'une manière condamnée par les usages.

Baissant la tête, il murmura :

— Père, pardonnez-moi d'avoir haussé le ton. Je suis certain que vos ministres croient avoir trouvé là une tactique excellente, mais…

— C'est *ma* tactique, coupa son père.

— Très bien, répondit-il, mais…

— Mais visiblement, ce plan heurte ta sensibilité occidentale ! tonna son père.

— Non… Enfin, oui… Disons qu'il existe d'autres solutions, pour assurer la sécurité de cette alliance.

— Ah ? s'enquit le sultan, sarcastique. Donne-m'en une seule.

Une seule… Khalil passa une main dans ses épais cheveux noirs. Il réfléchit un instant avant de suggérer :

— Ce que vous voulez, c'est la paix… Pourquoi ne pas offrir une belle somme d'argent à Butrus ? Et à Omar ? Payez-les pour qu'ils acceptent d'enterrer toutes nos vieilles querelles.

— L'argent n'a pas le centième de la valeur des liens du sang.

— De l'or, des diamants, enchaîna Khalil, désespéré. Nous disposons d'une telle riches…

— Veux-tu te concentrer un peu sur ce que je dis ? coupa le sultan. Les plus grands trésors ne pèsent rien face à un mariage et une lignée commune. Cette union sera célébrée, et tu y veilleras personnellement.

Un long silence suivit.

Même les oiseaux s'étaient tus, et Khalil se sentait agressé par le parfum trop capiteux de ces roses parfaites, délicates, issues de croisements savants et défiant les regards de leur beauté insolente…

Il n'avait jamais oublié l'importance du devoir filial et serait marqué toute sa vie du sens des responsabilités royales. Néanmoins, il avait quitté le palais à dix-huit ans pour suivre ses études à Harvard durant quatre années, avant de les compléter par un master en finances à Wharton. Puis, il s'était établi à New York.

Si son cœur était attaché à ce royaume, sa manière

de penser était le produit de son éducation américaine. D'ailleurs, Jal, le premier ministre de son père, s'était à l'époque opposé à cette formation supérieure en Occident : « Le prince pourrait préférer la vision occidentale aux coutumes d'Al Ankhara. » Mais le sultan avait répliqué que c'était ridicule, et que son fils suivrait la meilleure instruction au monde, puisqu'il le souhaitait.

Pour la première fois de sa vie, Khalil se trouvait au pied du mur, entre ses deux cultures, tiraillé entre son devoir et ses convictions. Naïvement, il avait cru échapper à cet écueil : il s'était promis que le jour où il serait appelé à régner sur son pays, il offrirait à son peuple la modernité d'une monarchie constitutionnelle tournée vers l'avenir. Mais cette requête inattendue de son père lui imposait un choix aussi prématuré que pénible. Pire : il allait devoir jouer un rôle déterminant dans un marché contraire à toutes ses valeurs. On lui demandait de forcer une femme à épouser un homme qu'elle ne pouvait pas vouloir pour mari…

— Cette jeune femme sait ce que nous attendons d'elle, reprit soudain le sultan, comme s'il avait deviné ses pensées.

— Ah ? Elle a donné son accord ?

— Naturellement. Tu crois que c'est un sacrifice terrible pour elle, Khalil ? Je peux t'assurer que ce n'est pas le cas. Elle n'est pas très démonstrative, mais elle se réjouit de ce mariage. Elle y gagnera un titre, une grande richesse et une existence très confortable.

Sans doute. Mais pourquoi ne parvenait-il pas à s'en convaincre lui-même ? Il songeait que Layla allait surtout devenir l'esclave de Butrus…

— Parle-lui toi-même, si cela peut t'aider, suggéra son père.

— Non, répliqua-t-il avec fermeté. Je n'ai…

— Mon seigneur, interrompit une voix derrière lui.

Il se retourna pour dévisager le géant qu'il avait croisé la veille sur la plage, ainsi que les deux servantes de la jeune femme. A l'instant où ils tombèrent tous trois à genoux devant le sultan, Khalil vit Layla derrière eux.

Et elle était…

Dans la lumière du jour, elle était rayonnante de beauté. Sa longue chevelure miel foncé était nouée en chignon, et il avait maintenant tout loisir d'admirer le bleu intense de ses yeux. Son petit nez et sa bouche pulpeuse étaient mis en valeur par la finesse de son visage. Dans sa longue robe de soie brodée, si féminine, elle ressemblait à un félin. Oui, il émanait d'elle une fierté et une noblesse de panthère…

— Montre un peu de respect au sultan et au prince, ma fille !

Khalil leva les yeux vers la haute figure d'Omar al Assad, qui décochait un regard furieux à sa fille et posait ses deux larges mains sur ses épaules, d'un geste menaçant.

Incapable de réprimer la colère qui montait en lui, Khalil fit un pas dans leur direction, mais le sultan le retint aussitôt par le bras et déclara :

— J'ai fait mander Omar au palais pour qu'il soit informé de notre nouveau plan, Khalil.

Et très bas, il ajouta :

— Ce n'est qu'un père qui inculque la discipline à sa fille… N'en fais pas une histoire.

Omar avait visiblement perçu le mouvement de Khalil et renchérit :

— Elle a une tête de bois. Mais elle va apprendre à

se plier aux coutumes. Butrus y veillera. N'est-ce pas, ma fille ?

La jeune femme releva la tête, mais Khalil ne sut décrypter la lueur qui s'allumait dans ses grands yeux bleus. Etait-ce du défi ? Un sarcasme ? Certainement pas de la soumission.

— Tu es sourde ? insista Omar. Réponds-moi, quand je te parle !

— Elle vous a entendu, intervint Khalil d'un ton cinglant. Comme nous tous, je crois.

— Votre Altesse, répondit Omar en souriant et en s'inclinant avec respect devant lui, je suis très honoré que vous escortiez ma fille pour ses noces.

— Je n'ai pas encore donné mon accord, objecta-t-il.

— Mais votre père m'a assuré que…

Ignorant son interlocuteur, Khalil s'approcha de Layla et plongea son regard dans le sien.

— Savez-vous ce qui va vous arriver ? demanda-t-il.

— Réponds au prince ! ordonna Omar.

Mais Khalil lui décocha un coup d'œil glacial et se retourna vers la jeune femme :

— Vous le savez ?

Affirmative, elle hocha la tête.

— Et vous y consentez de plein gré ? reprit Khalil.

— Elle n'a pas besoin de…

— Mon père est certain que vous êtes d'accord, enchaîna-t-il, sans accorder la moindre attention à Omar. Est-ce exact ?

Elle ne répondit pas, et il la dévisagea avec insistance. Avait-il rêvé, ou venait-il de voir son menton trembler ?

Omar serra le poignet de la jeune femme dans sa main, et elle blêmit. Khalil dut lutter contre son envie d'étrangler ce père indigne.

— C'est à *mademoiselle votre fille*, que je m'adresse, fit-il observer.

— Je veux seulement lui rappeler quel respect elle vous doit, mon seigneur, expliqua Omar.

— Reculez, Omar al Assad. Je ne veux pas que vous vous teniez aussi près de moi.

Bouche bée, l'homme accusa le choc de cette offense, mais obtempéra en s'éloignant un peu. Khalil s'agenouilla alors devant la jeune femme, tandis qu'un murmure de protestation parcourait l'assistance.

— Répondez-moi, dit-il d'une voix calme et douce. Vous engagez-vous de plein gré dans cette union ?

Un long, un *très* long silence suivit cette question. Khalil ne détachait pas son regard du visage de la jeune fille, qui le considérait avec une gêne évidente. Comme elle se passait la langue sur les lèvres et ne semblait guère disposée à articuler un son, il insista :

— Parlez librement, Layla. Vous ne risquez rien, ici.

Ses grands yeux bleus s'arrimèrent aux siens, et elle lâcha soudain :

— *Na'am.*

« Oui. » Mais même si elle avait été élevée dans le respect des antiques coutumes en vigueur au royaume, même si elle acquiesçait, Khalil ne pouvait s'empêcher de penser à son léger accent et à son teint plus pâle que celui des femmes d'Al Ankhara.

Elle avait forcément du sang occidental dans les veines…

Ce qui ne changeait rien, finalement, songea-t-il en

se relevant. Il lui avait posé une question claire, et elle avait répondu tout aussi clairement : elle consentait à épouser Butrus.

Que pouvait-il faire ? Prétendre que c'était un scandale, parce qu'elle était belle et que son époux ne lui offrirait que son immense fortune en retour ? S'élever contre une décision favorablement accueillie par le conseil et par son père, uniquement parce qu'il n'aimait pas l'idée qu'une femme préfère le luxe et les diamants à une union fondée sur une attirance réciproque ?

Après tout, les motivations de la demoiselle ne le regardaient pas !

Sans hésiter davantage, il se retourna vers son père et déclara :

— Je l'escorterai à Kasmir.

Un sourire ravi se dessina sur le visage du vieil homme, et Omar le remercia abondamment. Il ne parvenait pourtant pas à quitter des yeux Layla, dont l'expression mutique ne communiquait ni la joie, ni l'enthousiasme, mais une sorte de rage rentrée… Ou une blessure profonde.

Laissant son père échanger les effusions de circonstance avec Omar, il s'approcha encore d'elle.

Et alors, elle se pencha à son oreille.

Ce fut très rapide.

Elle parla si vite qu'il en oublia la réaction de son corps trop proche du sien :

— Au nom du ciel, vous êtes aveugle ? Ils mentent ! Votre père et le mien ! Comment pouvez-vous croire une seule seconde que j'aurais accepté ce mariage ?

Khalil sentit ses oreilles bourdonner. Mais il n'était pas fou, il avait bien entendu ! Elle venait de lui parler dans *sa* langue, ce qui ne pouvait être que *sa langue maternelle*, l'anglais. Et son accent était américain !

Stupéfait, il demeura pourtant de marbre. Car déjà, Omar reprenait brutalement sa fille par le bras pour l'entraîner hors du palais, aussitôt suivi des deux servantes et du dénommé Ahmet.

Oui, cet aveu avait été si bref, si fugitif que c'était comme si rien n'était arrivé.

Mais c'était arrivé.

Et les mots qu'elle venait de prononcer s'étaient gravés en lui. Profondément.

3.

Les quatre geôliers l'emmenaient. Car c'était ce qu'ils étaient.

Les deux femmes, l'horrible Ahmet et son père.

Pétrifié et impuissant, Khalil regarda la jeune femme disparaître et se demanda de nouveau s'il n'avait pas eu une hallucination. L'accent était si pur qu'elle aurait pu passer pour une authentique Américaine. Il avait eu cette impression, sur le moment.

Mais c'était impossible ! Elle ne pouvait qu'être citoyenne d'Al Ankhara !

— Khalil ?

Des mensonges… ?

Oh, il n'aurait pas été surpris d'apprendre qu'Omar était un menteur professionnel. Sa réputation d'homme rusé tenait lieu d'euphémisme pour sa malhonnêteté. Il n'avait jamais été convoqué devant un tribunal pour chantage ou tractations irrégulières, mais ce n'était qu'une question de temps…

Mais *son* propre père ? Un menteur ?

— Khalil ? Je te parle !

Non, c'était impensable ! Son père était dévoué corps et âme à son royaume !

A y bien réfléchir, c'était peut-être aussi son talon

d'Achille… Et si le Conseil lui avait fait croire que ce mariage était librement consenti par les deux parties, uniquement dans l'intérêt du pays ? Jal et ses compagnons n'hésitaient pas à louvoyer avec la vérité, quand leurs sièges étaient en jeu. Et c'était le cas, puisqu'un tiers du Conseil serait renouvelé avant la fin de l'année.

Khalil n'avait-il pas averti son père de leurs manigances ? Des années plus tôt, il lui avait avoué sa défiance à l'égard du premier ministre. Mais le sultan avait refusé d'y prêter foi.

C'était d'ailleurs la raison pour laquelle Khalil avait suivi des études d'avocat, avant de se tourner vers la finance. Il s'était ainsi donné les moyens de gouverner convenablement le royaume, le jour venu, pour l'engager dans le monde contemporain et se passer des conseils douteux des ministres en poste, qui ne songeaient qu'à l'évincer pour qu'il s'en tienne à un rôle d'apparat.

Jal déploierait tout son talent pour limiter les pouvoirs du prochain sultan.

Mais sa formation à Harvard, augmentée d'une solide expérience dans les affaires, permettrait à Khalid de déjouer une éventuelle querelle politique et d'installer une nouvelle génération de conseillers autour de lui. A condition que Jal ne s'arrange pas pour le discréditer ou se débarrasser de lui avant l'accession au trône…

— Khalil ! Veux-tu m'écouter, je te prie ?

Prenant une profonde inspiration, il se retourna vers son vieux père. Un homme élevé selon des traditions dépassées, et qui n'avait pourtant pas hésité un instant à permettre à son fils de suivre sa propre voie. Il lui en serait reconnaissant jusqu'à la fin de ses jours.

— Pardon, père, je… je pensais…

— Tu pensais à cette femme, compléta le sultan en

souriant. Je te comprends. Aucun homme ne pourrait manquer d'admirer sa beauté.

— Euh, c'est vrai, mais…

« Pourquoi s'exprime-t-elle comme une citoyenne américaine ? Pourquoi m'a-t-elle dit que tu mentais ? » voulait-il crier. Heureusement, ces mots restèrent coincés au fond de sa gorge.

— Mais elle n'est pas vraiment ce dont elle a l'air, enchaîna son père.

Cette déclaration le prit au dépourvu. Le sultan admettait-il que ces fiançailles étaient moins limpides que dans leur version officielle ?

— C'est-à-dire ? articula-t-il.

— Eh bien… C'est une jeune fille très… *libérée.*

Khalil dévisagea son père en fronçant les sourcils. Que devait-il comprendre ? Qu'elle n'était pas vierge ?

— *Libérée* ? répéta-t-il.

— Oui. Elle a causé beaucoup de problèmes à Omar. Elle ne se plie pas aux règles et parle un peu trop d'indépendance.

— Tiens donc ! Et elle aurait tout de même accepté d'épouser Butrus ?

Durant une fraction de seconde, son père parut troublé et saisi d'un doute.

— Oui, soupira-t-il enfin. Elle aura réalisé que sa posture n'était pas raisonnable, je suppose… En tout cas, Omar m'a affirmé qu'elle s'était repentie.

— Hum. Butrus connaît-il son *ancienne* attitude ?

— Bien sûr que non ! s'écria le sultan. C'est pourquoi Omar est si satisfait. Il n'est pas facile de trouver un mari à une jeune fille indisciplinée. Et il sait qu'il rend un grand service au trône en assurant une nouvelle alliance avec Butrus.

— Mais qu'arrivera-t-il si Butrus découvre qu'il a été dupé, et que son épouse n'a rien de la charmante jeune femme bien soumise qu'il espérait ? opposa Khalil, narquois.

— J'en ai déjà discuté avec Jal, répondit le sultan en haussant les épaules. Selon lui, la mère de Layla était une sorcière. Si sa fille a hérité de ses talents, elle saura bien envoûter son mari.

Khalil leva les yeux au ciel et soupira :

— C'est absurde…

— Possible, mais peu importe, conclut son père, visiblement peu intéressé par cet aspect de l'affaire. Omar et Jal pensent tous les deux qu'elle a assez de personnalité pour vivre au mieux ce mariage.

— Je me fiche de ce que prétend Jal ! s'écria Khalil. Il n'est pas sultan !

— Et toi non plus, répliqua son père, le visage sévère. Pas encore ! Je n'ai pas à justifier indéfiniment mes décisions.

C'était exact, songea Khalil. Et de toute façon, il avait déjà donné son consentement.

— Pardonnez-moi, père. Je voulais simplement observer que le Conseil ne règne pas, et que vous êtes souverain.

— Allons, n'y pensons plus, répondit le vieil homme en lui prenant affectueusement le bras. Te rends-tu compte que ce vieux renard d'Omar a caché sa superbe fille durant des années ? Quand je l'ai interrogé là-dessus, il m'a répondu qu'il souhaitait précisément éviter de la soumettre à une convoitise prématurée…

Relevant les yeux vers lui, il ajouta en souriant :

— Je te remercie d'avoir accepté cette mission, mon

fils. Certains de mes ministres craignaient que tu ne refuses, à cause de tes réflexes occidentaux.

— Vous parlez de Jal.

— Oh, Khalil, je sais que tu ne l'apprécies pas, mais il est dévoué au trône et à notre peuple.

— Je ne le suis pas moins. Et j'ai aussi conscience que certaines décisions doivent être prises, même si elles risquent d'être impopulaires, conclut-il plus bas.

Son père hocha la tête.

— Je vais te faire porter notre plan détaillé, pour l'escorte. Lis-le, et rejoins-nous dans la salle du Conseil dans une heure.

Dans ses appartements, Khalil ouvrit le porte-documents de cuir que venait de lui confier un serviteur. En le parcourant, il manqua éclater de rire. Le projet était rédigé sur une vingtaine de pages portant toutes le paraphe du sultan, alors qu'il aurait pu tenir sur un paragraphe.

L'avion de Khalil devait partir avec Layla et deux douzaines d'hommes de la garde royale personnelle. Dès l'arrivée à Kasmir, tous les voyageurs seraient accueillis par Butrus en personne.

Deux heures plus tôt, Khalil avait refusé d'être mêlé à cette affaire. Mais il avait changé d'avis. Désormais, il était certain que la jeune femme s'était jetée dans la mer pour s'évader et recouvrer sa liberté. Les quelques mots qu'elle lui avait soufflés le confirmaient. Elle ne consentait pas à cette union de plein gré.

Omar se servait d'elle comme d'un cadeau pour amadouer un ennemi, en espérant en tirer avantage. Mais si Butrus envisageait ce marché sous le même angle, Layla deviendrait vite l'enjeu d'un bras de fer.

Le sultan lui-même perdrait la face, et Layla risquait peut-être sa vie. Il n'était pas question que de tels agissements soient tolérés à Al Ankhara, tant que Khalil s'y trouverait. Non, il ne permettrait pas qu'une politique barbare s'exerce ici !

Son père ne voyait-il pas les conséquences possibles de cette affaire ? Ou bien son Conseil avait-il admirablement réussi à l'aveugler ?

Une nouvelle fois, Khalil relut attentivement les vingt pages. Puis, il fit les cent pas dans son salon, élaborant un plan B. Un problème demeurait : il devrait empêcher Layla de s'interposer.

Après une demi-heure et quelques coups de fil, il avait tout réglé.

Layla était détenue au harem. C'était une surprise. Il y avait des décennies que ce lieu n'était plus occupé. Le sultan n'avait pas révolutionné le pays en accédant au trône, mais il avait définitivement révoqué la polygamie. Un jour, Khalil l'avait entendu dire, un sourire aux lèvres, qu'une seule femme était déjà bien assez de soucis pour un homme.

Il s'était souvent demandé si cela signifiait que son père avait adoré sa mère, ou le contraire. Mais il ne connaîtrait probablement jamais la réponse : sa mère était morte alors qu'il n'était qu'un nourrisson.

Une lourde porte de bois rendait le harem accessible depuis le palais, et Khalil n'avait pas souvenir de l'avoir jamais vue fermée. Mais ce jour-là, elle l'était, et il lui fallut plusieurs minutes pour trouver la clé sur son trousseau et la franchir enfin.

Le garde ne parut guère enchanté de sa visite :

— Personne n'est admis ici, lâcha-t-il.

Khalil lui adressa aussitôt un regard glacial. S'il y avait un moment où les coutumes irrationnelles ne devaient pas le gêner, c'était bien maintenant.

— Je ne suis pas « personne », rétorqua-t-il. Je suis le cheikh Khalil, prince du royaume d'Al Ankhara. Ecartez-vous.

Sans même attendre la réponse de l'homme, il passa devant lui et parcourut le long corridor. Naturellement, la brute lui avait emboîté le pas.

Tout en cheminant dans le dédale, il se rappela les jours de pluie où il venait jouer seul ici, admirant les mosaïques des murs et les sols de marbre. Mais le temps avait accompli ses ravages : le harem était désormais sombre et décrépi, et il y flottait une odeur âcre.

Dire que Layla était enfermée ici depuis plusieurs jours… Ses poings se fermèrent convulsivement à cette pensée.

Quand il parvint devant la porte gardée par Ahmet, il se dirigea droit vers lui et s'enquit avec autorité :

— Où est votre maîtresse ?

— En sécurité.

— Ce n'est pas la question que je viens de vous poser. Où est-elle ? Je désire la voir.

— C'est impossible. Interdit. Elle est fiancée et appartient à…

— Voulez-vous périr au fond d'un cachot ? tonna Khalil avec fureur, tout en songeant qu'il ne se serait jamais cru capable de proférer une telle menace. *Où est-elle* ?

L'homme lui jeta un long regard hésitant avant de consentir enfin à lui ouvrir la porte.

Khalil entra et repéra aussitôt la jeune femme, encadrée

par ses servantes et assise dans le coin d'une chambre qui, autrefois, avait dû être l'une des plus élégantes du harem.

Mais le lit était très simple, et les fresques colorées avaient pris une teinte grisâtre.

Il en eut le cœur serré.

— Que voulez-vous ? demanda-t-elle en arabe.

Maintenant, il avait l'assurance que ce n'était pas sa langue maternelle. Sa voix tremblait, mais elle lui décochait l'un de ces regards défiants dont elle semblait avoir la spécialité.

— Le Conseil m'a envoyé vous exposer son plan, déclara-t-il.

— Et vous croyez que ça m'intéresse ?

— Quoi qu'il en soit, vous allez m'écouter.

— Allez au diable, vous et votre Conseil ! s'écria-t-elle. Je ne…

— Vous allez faire ce que l'on vous dit, la coupa-t-il.

— Mon seigneur, je vais me charger de ce problème, intervint Ahmet.

— Certainement pas, aboya Khalil. Laissez-nous seuls.

Et comme l'homme et les deux servantes le fixaient sans bouger, il ajouta, exaspéré :

— Maintenant !

Dès que les trois sinistres personnages eurent disparu, il se retourna vers la jeune femme.

— Quant à vous, vous allez vous comporter convenablement !

Il criait assez fort pour être entendu par les gardes, derrière la porte.

A ces mots, Layla croisa les bras sur sa poitrine et lui tourna le dos.

— Vous avez entendu ? insista-t-il. Cessez d'agir de cette manière puérile, sinon…

— Vos menaces ne me font pas peur ! s'écria-t-elle en se jetant soudain sur lui pour marteler son torse de coups de poing. Salaud ! Vous n'êtes qu'un rustre, un goujat, un méprisable… *mad al haram* !

Il emprisonna les poignets de la jeune femme dans ses mains, tout en songeant que les mots qu'elle venait d'employer étaient exactement ceux dont aurait usé une Américaine face à un homme déplaisant.

— Il est inutile de vous battre contre moi, murmura-t-il, cherchant à l'apaiser.

Puis, il caressa ses cheveux et sentit de nouveau cette inexplicable attirance qui lui donnait envie de connaître le goût de sa bouche… Et, sans réfléchir, il se pencha sur ses lèvres pour l'embrasser.

A sa grande surprise, la jeune femme ne chercha nullement à se défendre et répondit fiévreusement à son étreinte. Enfin, il découvrait la douceur de sa peau et la fraîcheur de son haleine…

Jusqu'à ce qu'il sente ses dents sur sa langue.

Reculant vivement, il laissa échapper un juron, porta une main à sa bouche pour y trouver une petite goutte de sang qu'il essuya sur son mouchoir avant de se mettre à rire.

Oui, il riait !

Avec effroi, Layla contempla l'homme qu'elle venait d'attaquer, et qui semblait juger la chose très amusante. Etait-elle devenue folle ? L'hypothèse était plausible. Car elle ne comprenait plus ses propres réactions. Les derniers jours avaient dû lui faire perdre la raison…

Elle était retenue ici, à Al Ankhara. Prisonnière. Menacée, tourmentée et avertie que si elle n'obéissait pas aux ordres de son père, elle risquait de le payer très cher.

Et maintenant, un étranger se prenant pour le maître de l'univers venait également lui dire comment elle était censée se comporter. Il l'avait embrassée, et…

Et elle en avait eu le souffle coupé. Au point de le laisser faire et d'aimer le contact de ses lèvres, durant une seconde de pure folie. Dieu merci, elle avait repris ses esprits in extremis. Mais depuis qu'elle avait pu admirer son extraordinaire regard gris clair, ce regard contrastant avec l'ébène de sa chevelure soyeuse, elle ne pouvait s'empêcher d'admirer la majesté de cet homme.

Encore sous le choc, elle sursauta en entendant frapper à la porte.

Son compagnon se tourna vers l'entrée, une expression menaçante sur le visage. Il avait l'air dangereux. Et il l'avait embrassée comme si elle lui appartenait.

Hélas, à moins d'un miracle, c'était à Butrus, qu'elle allait appartenir sous peu…

— Seigneur Khalil ? demanda la voix d'Ahmet derrière la porte.

La poignée tourna, mais le « seigneur Khalil » posa fermement une main sur la porte avant de fermer le verrou et de se retourner vers elle.

— Qui êtes-vous ? s'enquit-il en plongeant son regard sévère dans le sien.

Il avait parlé en anglais ! Il avait donc compris ce qu'elle lui avait murmuré, dans les jardins du palais ! Elle s'était pourtant contentée d'accomplir un geste désespéré, comme en jetant une bouteille à la mer, et elle n'avait pas osé croire que sa démarche serait suivie d'effet !

Pourtant, ce qui venait de se passer lui ôtait son dernier espoir d'être secourue.

— Je vous ai posé une question : qui êtes-vous ? répéta-t-il.

Seigneur, que lui dire, et comment ? Quels risques prenait-elle, en lui révélant la vérité ? Hésitante, elle le dévisagea longuement, cherchant une marque de confiance dans ses traits si réguliers. Dans ce visage si beau, qui s'était penché sur elle sans qu'elle le repousse.

— Répondez, ou j'ouvre la porte pour vous rendre à cette brute, menaça-t-il.

La sueur perlait à son front, et elle sentait un vertige la gagner. Comment remettre son destin entre les mains de cet étranger ? Oh, ces yeux d'un gris presque bleu, qui exprimaient une profonde honnêteté…

— C'est votre dernière chance, ajouta-t-il.

Layla prit son inspiration. Après tout, elle avait déjà atteint le pire.

— Je m'appelle Layla Adison, répondit-elle. Omar était mon père.

— Seigneur Khalil ! cria Ahmet. Ouvrez cette porte !

— Comment cela « était » ? demanda-t-il sans prêter attention au vacarme du garde.

— Eh bien, je veux dire qu'il est mon père, mais il ne m'a pas élevée. Ma mère est américaine. Il y a vingt-trois ans, elle est venue ici, à Al Ankhara, et… il l'a kidnappée. Elle est parvenue à s'échapper, et je suis née aux Etats-Unis, où j'ai toujours vécu… Je vous en supplie, s'il vous plaît, sortez-moi d'ici !

Bouche bée, Khalil la contemplait et s'efforçait d'enregistrer ces incroyables informations. Si seulement il s'était trouvé dans son bureau de New York, il aurait pu vérifier l'exactitude de ses propos en quelques heures : il aurait appelé un détective et son avocat, et l'affaire aurait été rapidement réglée.

Mais ici, c'était impossible. Et si ces déclarations lui semblaient bien étranges, il ne parvenait pas à considérer la jeune femme comme une menteuse. Sa voix était empreinte d'une telle sincérité…

— Si ce que vous dites est vrai, que faites-vous à Al Ankhara ? demanda-t-il, méfiant.

— C'est une longue histoire, avoua-t-elle en jetant un coup d'œil affolé vers la porte, qui tremblait sous les coups répétés d'Ahmet.

— Seigneur Khalil ! Si vous n'ouvrez pas cette porte, je…

Khalil recula à l'instant où la porte s'ouvrait à toute volée.

— Que se passe-t-il, ici ? gronda l'immense brute en regardant tour à tour Layla et Khalil.

— Vous osez exiger de moi une explication ? répliqua-t-il.

L'homme hésita.

— Mais je voulais seulement…

— Je vais conduire cette femme au Conseil. Vous, vous restez ici.

A peine eut-il achevé de parler qu'il saisit d'autorité le bras de Layla et passa devant Ahmet.

Dès qu'ils s'engagèrent dans le couloir, il perçut la résistance de sa compagne qui tentait de ralentir, jetait des coups d'œil désespérés derrière elle et répétait d'un ton gémissant :

— Où m'emmenez-vous ?…

— Calmez-vous, nous allons seulement rencontrer les ministres de mon père.

— Pour quoi faire ?

— Pour lui éviter de commettre une terrible méprise.

— Mais je me fiche de votre père ! s'écria-t-elle en cherchant à se libérer de son emprise. Et moi, dans tout ça ?

Khalil serra son bras un peu plus fort et lui adressa un regard glacial :

— Ne parlez pas ainsi du sultan et dépêchez-vous. Je veux vous rendre votre liberté.

— Q… Quoi ? Comment ?

— Vous n'aurez qu'à faire ce que je vous dis.

— Mais…

— Si vous êtes capable de vous contenter d'obéir à un ordre, vous avez une chance de vous en sortir ! Mais ne me rendez pas la tâche plus difficile qu'elle ne l'est déjà. Ne dites rien, ne faites rien. J'ai un plan.

Comme elle levait vers lui un regard où se mêlaient la terreur et l'espoir, il sentit son cœur se serrer. Bon sang, elle était si belle… Et si elle avait bien connu le sort qu'elle lui avait décrit, il ne laisserait pas ce scandale impuni !

Néanmoins, il devait se débarrasser des sensations trop intenses qui le tenaillaient dès qu'il posait les yeux sur elle. Il n'aimait pas cet attrait incontrôlable qui l'avait conduit à oublier toute réserve et à l'embrasser.

Même si le phénomène était purement biologique, il allait devoir se dominer.

Biologique. Parfaitement. La passion n'était pas autre chose qu'un élan chimique ordonné par le corps.

Et pour que son plan fonctionne, il était indispensable qu'il demeure indifférent aux charmes de cette créature.

Sinon, il se retrouverait dans une situation bien plus catastrophique que celle qu'ils allaient maintenant affronter ensemble.

4.

Quand Khalil poussa la porte de la salle du Conseil pour y pénétrer, suivi de la jeune femme, Jal se leva d'un bond et s'écria :

— Que signifie ceci ?

Khalil prit soin de l'ignorer et se tourna discrètement vers Layla qui s'accrochait maintenant à sa chemise comme s'il s'agissait d'une bouée de sauvetage :

— Je vous ai dit de vous calmer, murmura-t-il. Ecartez-vous de moi et tenez-vous correctement.

Elle balaya du regard la grande salle emplie d'hommes en costumes austères, hocha la tête et répondit très bas :

— Oui, mon seigneur.

Soulagé, Khalil sourit et dut résister au désir de lui baiser la main pour la remercier.

— Khalil, intervint Jal, que fait cette femme ici ?

Il défia le ministre du regard et rétorqua froidement :

— Je suis le prince de la Couronne, Jal. Je vous prie de vous adresser à moi comme il convient.

Un grand silence tomba dans la salle.

Enfin, Jal baissa la tête et souffla :

— Je vous présente mes excuses, Votre Altesse. La

présence de cette femme m'a surpris, et j'en ai oublié le respect dû à votre personne.

Khalil hocha la tête et s'approcha de la longue table au centre de laquelle siégeait le sultan, pour y déposer devant lui son porte-documents de cuir.

Il savait qu'un jour, cette place lui reviendrait, et qu'il serait alors entouré de conseillers choisis pour leur sérieux et leur talent. Mais d'ici là, il devrait respecter toutes les décisions de son père et du Conseil. Dans ce cas précis, il pouvait seulement s'armer de toute sa patience et de son pouvoir de persuasion pour infléchir leurs positions.

Et le moment d'intervenir était venu.

Prenant une profonde inspiration, il se lança :

— Père, j'ai lu votre plan.

— Et ?

— Et il me semble qu'il n'est pas bon.

Un murmure choqué parcourut l'assemblée, mais son père fit taire chacun en levant une main autoritaire.

Puis, se retournant vers son fils, il soupira :

— Pourquoi ?

— Parce que si vous pouvez en tirer quelques bénéfices à court terme, vous risquez d'en pâtir d'ici peu de temps, et…

— Nous vous savons gré de nous honorer de votre opinion, coupa Jal, mais nous sommes déjà déterminés à aller au bout de cette action, ce qui ne devrait pas vous gêner.

— C'est-à-dire ? répliqua sèchement Khalil.

— Nous pourrons nous passer de vous, Votre Altesse, expliqua Jal, un petit sourire aux lèvres. Ce n'est pas un problème.

Khalil hocha la tête, songeant qu'il ne lui restait que sa dernière carte à jouer.

— Vous ne m'avez pas écouté jusqu'au bout, reprit-il. Je souhaite m'engager dans votre action, qui est aussi celle de mon pays.

— Continue, mon fils, dit le sultan en souriant. Nous t'écoutons.

— Je pense simplement qu'il n'est pas approprié d'escorter de cette façon une fiancée vers son futur époux.

— Si c'est ce que pense cette jeune femme, opposa un ministre, nous ne nous soucions guère de son avis.

Comme tous les conseilleurs le fixaient avec réprobation, Khalil sourit tranquillement et répondit d'un ton détaché :

— Non, ce n'est pas ce qui me préoccupe. Mais l'objectif de cette mission est de sceller la paix, et faire escorter cette jeune femme par des gardes armés risque de compromettre ce projet. Dans le même temps, il est impensable de se priver d'une protection. C'est pourquoi j'ai songé à une alternative. Un premier avion pourrait atterrir avec les gardes, ainsi qu'une femme et un homme qui se feraient passer pour la promise de Butrus et moi-même. Je prendrais avec cette jeune femme un second avion, qui arriverait quelques heures plus tard. Ainsi, nos hommes seraient déjà sur place pour nous protéger, et nous aurions trompé d'éventuels conspirateurs. En revanche, la cérémonie avec Butrus ne souffrirait d'aucune maladresse diplomatique.

Comme les conseillers observaient le silence, Khalil enchaîna :

— J'ai déjà fait préparer un deuxième jet, prêt à partir une heure après le premier.

— Je ne comprends pas la nécessité d'une telle complication, objecta le sultan.

— Père, si un attentat devait être commis, nous serions ainsi en mesure d'y échapper, expliqua-t-il. Et nous aurons en outre la garantie que Butrus ne se sentira pas offensé.

— Vous avez pris tous ces arrangements de votre propre initiative, sans même nous consulter ? demanda Jal en lui décochant un regard noir.

— Dois-je vous rappeler qui je suis ? rétorqua sèchement Khalil. Vous consulter est une faveur que vous accorde le sultan ou le prince du royaume. Pour ma part, je n'ai besoin que de l'approbation de mon père.

A ces mots, le visage de Jal tourna au rouge vif, et un long silence parcourut l'assemblée.

Mais le sultan leva les yeux vers lui et sourit :

— L'idée de Khalil est pleine de bon sens.

Soulagé, Khalil rendit son sourire à son père et déclara :

— Je suis heureux que vous voyiez les choses ainsi, père.

Et il l'était. Même si, la prochaine fois qu'il se trouverait en présence de tous ces hommes, ils pourraient, à juste titre, l'accuser de trahison.

Tous les ministres s'inclinèrent devant Khalil et le sultan avant de quitter la grande salle.

Enfin, prêt à prendre lui aussi congé, le vieil homme posa une main sur le bras de Khalil et murmura :

— Mon fils, tu t'es chargé d'une lourde responsabilité. Je suis certain que tu aurais préféré t'en passer…

— C'est vrai, admit-il, mais je ferai ce qui doit être fait.

Pour la première fois depuis des années, il vit alors les yeux du vieil homme se voiler de larmes. Puis, le sultan l'embrassa tendrement sur les deux joues.

— Je suis fier de toi, dit-il avec émotion. Sois prudent, et fais bon voyage.

— Oui, père, merci.

Dès que le sultan eut quitté la pièce, Khalil se tourna vers Layla :

— J'imagine que vous avez compris l'essentiel.

Elle hocha la tête en lui décochant un regard noir.

— Oh oui : je vous ai entendu parler de moi comme d'une marchandise à livrer.

— Je puis pourtant vous assurer que personne, dans cette pièce, ne vous a considérée autrement que comme un être humain. Mais il s'agit d'une affaire d'Etat.

Affichant une expression écœurée, elle renversa la tête en arrière et répliqua :

— C'est fascinant. Vous l'avez l'air d'un Américain, vous parlez comme un Américain… Mais en réalité, vous n'êtes rien d'autre qu'un barbare, comme tous les gens qui vivent ici.

— Ces *gens*, comme vous dites, sont mon peuple. Prenez garde à vos paroles.

— C'est la vérité ! s'écria-t-elle. Vous n'êtes pas meilleur qu'eux ! Vous achetez et vous vendez des femmes…

Elle s'interrompit, et sa lèvre inférieure se mit à trembler.

— Personne ne vous a achetée, lui opposa-t-il. Et si vous voulez vous sortir de cette situation, cessez de m'insulter sans cesse, de vous débattre ou de sauter au plafond dès que j'ouvre la bouche.

Comme s'il venait de lui révéler une nouvelle à laquelle elle ne s'attendait pas, elle changea de visage et leva vers lui des yeux émus.

— *Comment ?* demanda-t-elle d'une voix suppliante. Comment pourrais-je me sortir de cette impasse ?

— Je vous le dirai quand nous serons seuls.

— Vous voulez dire… Juste vous et moi ?

— Exactement.

— Ah ! s'esclaffa-t-elle, sarcastique. Si vous croyez que…

— Maintenant, vous allez m'écouter, coupa-t-il d'un ton exaspéré. Vous ne semblez pas comprendre que l'affaire est grave et qu'il importe avant tout que vous adoptiez une attitude sereine. Pour que je vous aide, encore faut-il que…

— *M'aider ?* Vous venez de dire à ces brutes comment vous comptiez me remettre entre les mains de Butrus ! Vous vous y êtes engagé !

— Je n'ai pas le temps de vous expliquer le plan maintenant. Nous discuterons plus tard.

— Non, maintenant ! Je… Lâchez-moi ! Reposez-moi tout de suite !

Mais Khalil l'avait soulevée du sol et la portait maintenant sur son épaule, tout en espérant que personne ne le verrait arpenter les couloirs du palais avec cet étrange bagage. Bah, après tout, les serviteurs songeraient qu'il avait envie d'une femme ; et qui oserait se placer en travers de son chemin ?

Fermant la porte de sa chambre derrière lui, Khalil ignora les protestations de Layla et la maintint fermement avant de la jeter sur son lit, tel un sac de linge sale.

— Comment osez-vous ? cria-t-elle en se redressant et en lui décochant un regard assassin.

— Ça suffit ! tonna-t-il.

— C'était ça, votre plan ? Me conduire à votre lit ?

— Vous êtes bien présomptueuse…

— Parce que si vous croyez qu'il vous suffira de…

— Je vous ai dit de vous taire, *habiba* ! tonna-t-il. Nous sommes ici pour parler ! Et sachez que je me suis contenté de dire au Conseil ce qu'il voulait entendre.

Visiblement déstabilisée, la jeune femme alla s'asseoir dans un fauteuil, face à lui, et lui adressa un regard incrédule :

— Mais… J'ai pensé que vous…

— Je voulais seulement éviter une erreur désastreuse à mon père, reprit-il sèchement. Et vous en êtes la première bénéficiaire.

Elle se tortilla légèrement sur son siège, et murmura :

— Si vous comptez me livrer à Butrus, je…

— Ce n'est pas mon intention. Ce serait une erreur. Mon père n'en a pas conscience pour le moment, mais il le comprendra très vite.

Plongeant son immense regard bleu dans le sien, elle poussa un soupir de soulagement et murmura :

— Merci. J'ai eu si peur que…

— Vous n'avez pas à me remercier. Contentez-vous d'écouter et de cesser de vous dresser contre moi. C'est possible ?

— Comment se fait-il que vous parliez ma langue aussi bien que moi ? demanda-t-elle, bouleversée. Car vous ne me ressemblez pas du tout…

Elle semblait la proie d'un mélange de terreur, de rage et de gratitude — tout à la fois.

— Vous avez raison, je ne vous ressemble pas, *habiba*. Et tâchez de vous en souvenir. Je ne vous livrerai pas à Butrus, mais vous conservez pourtant des obligations à l'égard d'Al Ankhara. C'est clair ?

Oh, oui, c'était clair, songea Layla en tremblant. Affreusement clair. Mais elle était prête à tout pour retrouver sa liberté et rentrer chez elle.

— Maintenant, avez-vous compris et allez-vous enfin obéir à ce que je vous dis ?

Elle hocha silencieusement la tête, en signe d'assentiment.

— Parfait. Alors allez vous habiller.

— M'habiller ? répéta-t-elle en fronçant les sourcils. Mais je le suis déjà !

— Vous pouvez passer dans le dressing, si cela vous met à l'aise.

— Pour quoi faire ? s'énerva-t-elle en se relevant. Je suis déjà habillée !

Khalil jeta un coup d'œil à sa robe de soie brodée. Le vêtement était ample, mais laissait deviner tous les détails de sa silhouette. Il maudit le désir qui montait en lui. Quand il l'avait portée, son érection l'avait même embarrassé…

Et encore en cet instant, il sentait un feu lancinant embraser ses sens. Il fallait que cela cesse.

— Vous ne pouvez pas voyager dans cette tenue, expliqua-t-il en l'invitant à le suivre dans le dressing.

De mauvais gré, elle s'exécuta, mais fronça les sourcils dès qu'il lui tendit un jean, une chemise et une veste.

— Vous plaisantez ? opposa-t-elle froidement. Ces vêtements sont beaucoup trop grands. Il n'est pas question que je les mette.

— Je suis sûr que les critiques de mode seront indulgents pour cette fois, rétorqua-t-il, moqueur.

— Mais il n'y a pas de sous-vêtements ! Je ne peux pas…

— Si, vous le pouvez, et vous allez le faire, trancha-t-il. Vous avez la mémoire courte, *habiba*. Ne m'avez-vous pas promis de ne plus faire d'histoires sur chaque détail ?

— Sinon, quoi, prince Khalil ? objecta-t-elle d'un ton amer. Vous me battrez ?

Elle hocha tristement la tête en détournant les yeux et conclut d'une voix à peine audible :

— J'y ai déjà survécu.

Ce fut comme s'il recevait un direct à l'estomac. Stupéfait, Khalil s'approcha doucement d'elle :

— Quelqu'un vous a battue ? Qui ? demanda-t-il en réprimant la colère qui l'étranglait.

— Peu importe, souffla-t-elle en haussant les épaules. Le fait est que vous avez besoin de moi tout autant que moi, j'ai besoin de vous. Et ce n'est pas en m'enfermant dans un donjon que vous sauverez la mise à votre père, n'est-ce pas ?

Une lueur de défi venait de se rallumer dans son regard.

— Il existe d'autres moyens de faire entendre raison à une femme butée, opposa-t-il. Mais maintenant, j'aimerais comprendre comment vous êtes arrivée ici. Expliquez-moi.

Elle poussa un profond soupir.

— Il y a quelques années, bien après que ma mère m'eut appris que mon père vivait ici, j'ai eu envie de connaître mes origines, avoua-t-elle.

— Hum. Alors vous avez dévoré ces romans à l'eau

de rose décrivant des cheiks redoutables torturant de malheureuses jeunes filles innocentes…

— Non, répondit-elle en levant vers lui un regard noir. J'ai longuement hésité, et puis je me suis décidée à suivre des cours d'arabe littéraire tout en terminant mes études de psychologie. Mais je n'ai pas eu le temps de bien le dominer, et je venais tout juste de passer à l'arabe parlé…

— Je vois. C'est ainsi que vous avez appris ces insultes dont vous m'avez couvert, le soir où je vous ai trouvée sur la plage.

— J'en connais d'autres ! s'écria-t-elle. Par exemple…

Mais il posa un doigt sur ses lèvres et l'empêcha d'aller plus loin. Elle était si près de lui. A la fois si vulnérable et si insoumise. Comment exerçait-elle un tel pouvoir sur lui ? Pourquoi ne maîtrisait-il plus son désir en sa présence, et pourquoi était-il encore assailli par l'envie irrépressible de l'embrasser ?

Leurs regards s'étaient arrimés l'un à l'autre, et il se noya dans l'océan de ces yeux d'un bleu profond, limpide, pur…

N'y tenant plus, il l'attira contre lui et prit ses lèvres pour en savourer de nouveau l'infinie douceur. Sa bouche était pleine, pulpeuse, aussi irrésistible qu'un fruit juteux et parfumé…

Elle le rendait fou, et son excitation augmentait dangereusement.

Mais tandis qu'il enroulait sa langue autour de la sienne et plongeait ses doigts dans la texture soyeuse de sa chevelure de miel, elle n'opposait aucune résistance. Il entendit même son léger soupir de plaisir quand il l'attira vers le lit pour y tomber avec elle.

D'une main fiévreuse, il caressa le contour de ses seins tout en la plaquant contre lui. Son désir l'embrasait. Entre ses bras, elle se faisait aussi câline et soumise qu'une petite chatte domestique, et il avait envie de promener ses doigts le long de ses cuisses admirablement fuselées, de ses hanches saillantes et de ses courbes enivrantes…

Mais soudain, elle tenta de se libérer et murmura :

— Non, non…

Elle plaquait ses deux mains sur son torse pour le repousser, tandis qu'il se laissait griser par son parfum et déposait une myriade de baisers brûlants le long de son cou.

— Layla…

La manière dont il murmurait son prénom fit monter la fièvre de Layla, qui tenta de trouver la force de lutter contre le désir inexplicable qui s'emparait de son corps comme de son esprit. Seigneur, comment cet homme pouvait-il allumer ce brasier au plus profond de sa chair ? Elle avait envie de ses mains sur sa peau nue, envie de ses lèvres fermes et exigeantes, envie de ses caresses envoûtantes…

Comme il relevait sa robe pour caresser ses seins avec langueur, elle sentit une onde électrique la traverser et poussa un cri étouffé. Des frissons brûlants la parcoururent tandis qu'il lui prodiguait la plus exquise des caresses, agaçant la pointe de ses seins du bout de la langue…

Mais soudain, des coups furent frappés au loin.

Puis, elle entendit le son d'une porte qui s'ouvrait, au fond de l'appartement…

Affolée, le cœur battant lourdement dans sa poitrine, elle n'eut que le temps de se redresser pour voir apparaître un vieil homme dans l'embrasure de la porte.

— Hassan ? demanda Khalil en tirant sur sa chemise.

Bon sang ! Comment avait-il pu céder ainsi à ses pulsions ? Ce n'était plus le moment d'y penser, mais il maudissait sa faiblesse… Dieu merci, Hassan était la discrétion incarnée, et il affichait d'ailleurs une expression imperturbable.

Une nouvelle fois, il se sentit reconnaissant à l'égard de son fidèle serviteur.

— Mon seigneur, pardonnez-moi, mais un avion vient d'arriver à l'aéroport, et le pilote a un message pour vous. Il dit que…

— Oui, il dit qu'il m'attend, compléta Khalil.

— Oui, mon seigneur. Mais je ne comprends pas. Et votre jet ?

— Ecoutez-moi, Hassan. Vous connaissez la sortie protégée par la cour ? Celle que j'utilisais quand j'étais enfant ?

Hassan sourit et acquiesça.

— Bien, reprit Khalil. S'il y a un garde, assurez-vous qu'il s'éloigne pour un moment.

— Mais… Comment, mon seigneur ?

Khalil leva les yeux au ciel.

— Je ne sais pas, utilisez votre imagination ! Faites-lui porter un bon repas et beaucoup de vin !

— Bien sûr, mon seigneur, si vous le désirez. Mais je croyais que votre propre avion devait partir d'un moment à l'autre… Et vous êtes ici, mon seigneur. Vous et la jeune dame. Et…

— Hassan, souffla Khalil en se levant, vous allez faire comme si je me trouvais bien dans mon jet, avec la jeune dame. Mais dès qu'il aura décollé, mademoiselle et moi quitterons le palais par la porte dérobée et vous veillerez à ce qu'une voiture nous attende. Personne ne doit être au courant de tout cela. Vous comprenez, Hassan ?

Les yeux du vieil homme reflétaient mille questions, mais il n'en posa aucune.

— Certainement, mon seigneur, répondit-il en souriant.

— Merci, répondit Khalil d'une voix douce.

5.

Seigneur, dans quel pétrin s'était-elle fourrée ?

Oh, si seulement elle n'avait jamais mis les pieds à Al Ankhara ! Si seulement elle n'était pas tombée dans le stupide piège du besoin de « se découvrir » et d'« explorer ses racines » ! Mais à vingt-trois ans, elle n'avait pas résisté à la curiosité de connaître l'homme qui lui avait donné la vie. Et puis, elle n'avait pas voulu croire que le pays inconnu auquel elle était liée était un minuscule royaume opposé au modernisme et enraciné dans ses coutumes barbares… Comme sa mère le lui avait dit.

Hélas, Omar avait confirmé ses pires craintes.

Au début, il avait prétendu être heureux de la voir et s'était empressé de l'inviter à passer quelques jours chez lui pour qu'ils apprennent à se connaître. Il avait dit regretter le passé, tout ce qui était arrivé entre sa mère et lui…

Alors, elle s'était prise à espérer que l'histoire de sa naissance était issue d'un scénario moins effrayant que celui que sa mère lui avait fourni. Mais très vite, elle avait elle-même sombré dans un cauchemar.

Un matin, à son réveil, elle avait reconnu en Omar le personnage cruel et sans pitié que sa mère avait dépeint.

Et il lui avait déclaré qu'il comptait sur elle pour réparer l'humiliation que sa mère lui avait causée, plus de vingt ans auparavant.

— Tu es ma fille, avait-il observé. C'est un fait que j'ai trop longtemps cherché à nier. Mais désormais, tu vas m'être utile : Butrus va me payer, pour toi. Et le sultan me remerciera d'offrir la paix à son royaume.

Sur le moment, elle avait seulement compris la première partie de cet épouvantable discours. Son père, *son propre père*, la vendait à un inconnu qui la voulait pour épouse !

Omar ne s'était pas privé de lui décrire Butrus : sa laideur, sa cruauté, la tyrannie qu'il faisait régner autour de lui. Et lorsqu'elle l'avait supplié de ne pas lui infliger ce destin, il avait éclaté de rire :

— Tu es bien la fille de ta mère ! Mais que tu le veuilles ou non, tu vas payer sa dette !

Layla avait tout tenté : prières, menaces, suppliques... Elle avait évoqué la possibilité de se tourner vers les autorités. L'hilarité d'Omar n'en avait qu'augmenté : il lui avait pris son passeport. Elle ne parlait pas arabe. Et ici, personne n'écouterait une jeune femme sans papiers officiels et sans argent...

Lorsqu'il lui avait demandé si elle était vierge, elle avait hésité un court instant. Enfin, pensant gagner la compassion de son père, elle avait répondu :

— Oui.

— Encore mieux ! s'était félicité Omar. Butrus m'offrira le double !

Layla avait cru trouver son salut en faisant machine arrière. Levant fièrement la tête pour toiser son géniteur, elle lui avait déclaré qu'elle était une femme issue des luttes des années soixante : elle était indépendante, elle

— Ma chérie… Pourquoi ne me l'as-tu pas dit tout de suite ? Je venais de découvrir un plan de Jal destiné à me faire assassiner. En réalité, il y a des années qu'il complote contre mon père et le trône. L'un de nos ministres s'est décidé à révéler tout ce qu'il savait de Jal… Nous l'avons évincé, et j'ai convaincu mon père de le faire arrêter pour qu'il soit traduit devant notre Cour de justice. Le scandale sera terrible. C'est pour cette raison que mon père hésitait. Quant à Jal, il risque la réclusion à perpétuité.

Layla parvenait à peine à en croire ses oreilles et se répétait mentalement la conversation entendue dans la salle à manger.

Ainsi, Khalil ne parlait que de Jal…

— Dis-le-moi, supplia-t-il à son oreille. Je t'en prie, mon amour, dis-le-moi…

— Oh, Khalil, je t'aime ! s'écria-t-elle en se jetant à son cou pour l'embrasser avec passion. Je t'aime, je t'aime…

— Tu veux m'épouser ?

— Oui !

Elle riait et pleurait à la fois. Fou de joie, Khalil la souleva dans ses bras pour la porter hors du terminal. Alors qu'ils franchissaient les portes, un voyageur s'arrêta pour les dévisager et s'exclama :

— Mais… Vous êtes notre cheikh Khalil !

— Oui, répondit-il en riant. L'homme le plus heureux du monde !

Puis, tout en embrassant follement Layla, il s'enfonça dans la nuit.

Épilogue

Un mois plus tard, ils se marièrent sur la plage d'Al Ankhara. Malgré la tradition, Khalil avait choisi deux témoins et non un : Tariq et Salim.

— Dans un mariage royal, le marié n'a jamais deux témoins, avait opposé l'organisateur de la cérémonie.

— Eh bien, cette fois-ci, il y en aura deux, avait répliqué Khalil.

L'épouse de Tariq, Madison, était la demoiselle d'honneur de Layla. Les deux femmes s'étaient rencontrées peu après que le sultan avait annoncé officiellement les noces de son fils : depuis, elles étaient inséparables.

— Après tout, avait observé Madison en riant, nous sommes toutes les deux les épouses des hommes les plus beaux de la planète !

Pourtant, le jour de la cérémonie, devant l'autel, Layla n'avait pas été de cet avis : Tariq et Salim étaient tous deux extrêmement séduisants, mais son fiancé marchant vers elle était, de loin, l'homme le plus beau de la Terre.

Elle sourit en se rappelant la première fois qu'elle lui avait fait cet aveu. Il avait ri. Et c'était pourtant vrai.

Aujourd'hui, *maintenant*, elle était sa femme.

Et, dans quelques heures, ils entameraient leur lune de miel…

Quatre semaines de voyage de noces, d'amour, de caresses, et de volupté… Non. Toute leur vie se poursuivrait ainsi, bien au-delà de ces quatre semaines.

Khalil était un amant parfait. Il serait un mari parfait…

— *Habiba…*, murmura-t-il en lui prenant la main.

— Oui.

Elle plongea son regard dans celui de son mari. Ils se comprenaient sans avoir besoin d'échanger un mot : leur désir était le même, brûlant et exigeant.

Une seconde plus tard, elle se sentit soulevée dans les airs et se retrouva au creux de ses bras, tandis qu'une foule en liesse applaudissait chaleureusement.

Khalil reposa délicatement sa femme sur le sol et serra sa main dans la sienne. Les invités voulaient la voir… Et il les comprenait : elle était radieuse dans sa robe de soie ivoire.

Exquise. Il y avait beaucoup trop longtemps qu'il ne lui avait pas fait l'amour… Mais il avait préféré respecter *cette* tradition, en accord avec elle. Pour que leur mariage soit parfait.

Comme elle levait vers lui ses grands yeux adorateurs, il se pencha et murmura :

— Je t'aime, *habiba*.

Puis, il lui ôta doucement la couronne de fleurs qui ceignait son front et retenait son voile. Des pétales parfumés tombèrent sur sa chevelure blonde et sur ses épaules.

— Et moi aussi, je t'aime, mon amour, répondit-elle

suivait des études, elle deviendrait psychologue pour enfants… Et *naturellement*, elle avait fréquenté des garçons au lycée et à la fac !

Mais le vieil homme n'en avait guère été troublé.

— Peu importe. Quand ton mari apprendra la vérité, il sera trop tard.

— Je croyais que tu voulais que ce mariage assure la paix ?

— La paix ? Ce n'est pas mon problème. Je veux qu'il m'assure une jolie fortune, avait-il répliqué en ricanant.

De ce jour, tout était allé très vite. L'horrible Ahmet et les deux femmes en noir l'avaient surveillée jour et nuit pour l'empêcher de fuir.

Et enfin, la nuit dernière… Elle avait joué son va-tout en courant sur la plage, espérant rejoindre le yacht amarré au loin à la nage.

Mais il avait fallu que cet homme l'en empêche.

Cet homme grand, fort, imposant, dont le visage exprimait une profonde intelligence et dont les yeux d'un gris envoûtant savaient éveiller en elle des émotions d'une violence insoupçonnée.

Encore un moment plus tôt, elle s'était laissé embrasser et caresser, tandis qu'une fièvre inconnue la consumait.

Et cet homme à la peau satinée et aux cheveux de soie était un prince. Un prince très familier de sa culture et visiblement désireux de lui porter secours ; mais aussi l'homme le plus arrogant qu'elle eût jamais rencontré !

Le plus séduisant, aussi…

Pourquoi lui plaisait-il ? Avait-elle perdu la tête ? Souffrait-elle du syndrome de Stockholm, en se montrant

sensible au charme d'un homme qui allait la contraindre à voyager avec lui sans qu'elle connaisse son plan ?

Le prince Khalil était décidément étrange. Mais personne d'autre que lui ne semblait en mesure de l'aider, et elle n'avait pas le choix : il fallait qu'elle lui fasse confiance.

Elle devait nourrir cet ultime espoir. Avec un peu de chance, d'ici quelques heures, elle serait rentrée chez elle, à New York.

Khalil n'était pas pessimiste. En revanche, il était réaliste : pourquoi prétendre que tout allait bien quand il était évident que ce n'était pas le cas ?

Il avait conçu son plan dans l'urgence et en faisant de son mieux, avec des moyens limités. Un homme et une femme correspondant à sa description et à celle de Layla avaient embarqué dans un premier jet. Et tandis que le second appareil, affrété sur l'aéroport privé du palais, attendrait en vain que Layla et lui-même montent à son bord, ils allaient gagner l'aéroport de la ville en voiture, et tenter de partir incognito.

Tous deux vêtus d'un jean et d'un T-shirt, ils passeraient pour de simples touristes occidentaux.

Mais le plan n'était pas sans danger… Khalil croisait les doigts pour que personne ne les voie quitter le palais.

Comme lui, la jeune femme attendait, à une dizaine de mètres des grilles. Un bruit de moteur les alerta, et ils virent enfin la Rolls s'arrêter à leur hauteur : très vite, ils s'engouffrèrent à l'intérieur, et Hassan adressa un signe aux gardes pour leur ordonner l'ouverture des grilles.

Vingt minutes plus tard, ils parvenaient sur le tarmac,

et le pilote qui les attendait en fumant une cigarette venait les accueillir.

Khalil tendit la main à Layla pour l'aider à sortir de voiture. Elle hésita un court instant, mais le suivit pour gravir la passerelle et pénétrer dans l'habitacle de l'appareil.

Alors, le pilote jeta sa cigarette et les rejoignit.

— A quelle vitesse pouvez-vous quitter cet aéroport ? s'enquit anxieusement Khalil.

L'homme sourit.

Il ne leur fallut pas plus de dix minutes pour s'envoler.

Ils avaient décollé si vite que Layla avait tout juste eu le temps de s'enfoncer dans l'un des vastes sièges de cuir.

— Bouclez votre ceinture, ordonna Khalil.

Ces sièges étaient si luxueux qu'elle ne trouvait pas la borne d'attache de la ceinture ! Comme si elle n'obéissait pas assez vite, il se pencha sur elle et prit lui-même la large bande de tissu noir pour la sceller.

— Mais je suis parfaitement capable de…

— Nous aurons tout le temps de parler de vos talents plus tard, *habiba*, coupa-t-il. Pour le moment, je veux seulement m'assurer que vous reviendrez sur terre en un seul morceau.

Layla lui adressa un regard noir. Oh, elle savait bien tout ça ! Il avait besoin de la protéger pour veiller aux intérêts de son père. C'était sa seule et unique motivation.

Et pourquoi cela lui posait-il un tel problème ? se demanda-t-elle, agacée.

Jetant la casquette dont elle avait dû s'affubler sur

un autre siège, elle passa une main dans ses cheveux et songea une nouvelle fois aux baisers fougueux et passionnés qu'ils avaient échangés dans sa chambre, avant d'être interrompus par Hassan. Seigneur, jusqu'où seraient-ils allés, sans l'arrivée du vieil homme ? Elle en avait le rouge au front. Que lui arrivait-elle ? D'ordinaire, elle ne se laissait pourtant pas facilement séduire par les hommes !

Il fallait que le prince Khalil soit un homme d'un genre bien particulier. Tout en étudiant discrètement son profil, elle sentit son cœur battre à coups redoublés. Oui, il était unique en son genre. Jamais elle n'avait vu un homme avec cette peau hâlée, doté d'un regard aussi intense, de cette couleur à la fois pâle et lumineuse... Sa carrure athlétique aurait rivalisé sans peine avec celle d'un acteur hollywoodien entretenant chaque jour sa musculature durant des heures.

Et son visage dégageait une noblesse indéniable. Il avait des pommettes hautes, un nez droit...

Mais sous cette enveloppe fascinante se cachait un prédateur. Un homme raffiné, probablement éduqué dans les meilleures écoles et parlant plusieurs langues... Certes. Mais malgré son jean Armani et sa veste taillée sur mesure, il n'était que l'héritier d'une nation de barbares, et elle allait devoir demeurer sur ses gardes à chaque seconde. Khalil ne songeait qu'à l'intérêt de son royaume. Et si elle ne pouvait compter sur personne d'autre que lui pour rentrer chez elle, elle ne devait pas oublier qu'il n'était pas pour autant un allié.

A cet instant, sa main vint se poser sur son épaule, et elle sursauta.

— Vous pouvez vous détendre, maintenant, dit-il en souriant. Nous sommes en sécurité.

Elle déglutit péniblement. Elle ne se sentirait *en sécurité* qu'au moment où l'avion se poserait à New York.

— Vous voulez dire que personne ne va se lancer à notre poursuite ? demanda-t-elle, mal à l'aise.

Il glissa sur son large siège pour se rapprocher d'elle et étendit ses longues jambes devant lui.

— Si, c'est probable. Mais nous serons déjà loin quand le jet qui devait nous prendre à son bord touchera le sol de Kasmir. Et lorsque le Conseil et mon père s'apercevront de notre disparition, ils perdront encore du temps à nous chercher. Il leur faudra localiser notre avion, obtenir les détails du vol… Et au moment voulu, je pourrai téléphoner à mon père pour tout lui expliquer.

— Lui expliquer quoi ? s'enquit-elle avec anxiété. Il sera certainement furieux d'apprendre que vous avez *définitivement* renoncé à me livrer à Butrus… Car c'est bien le cas, n'est-ce pas ?

Il lui retourna un regard amusé.

— Vous croyez que je me donne tout ce mal pour finir par vous confier aux mains de Butrus, *habiba* ? Ne vous inquiétez pas. Cela n'arrivera pas.

Il sourit. De ce sourire désarmant qu'il avait parfois, et auquel elle ne savait pas résister. Il le rendait plus séduisant, plus sexy encore… Mais il fallait qu'elle se domine. C'était le syndrome de Stockholm. Rien d'autre.

— Ce n'est pas que je ne vous croie pas, mais…

— On dirait pourtant que vous ne me faites pas confiance, observa-t-il, une lueur narquoise dans les yeux.

— Ce n'est pas ça… Mais vous ne m'avez toujours rien dit de votre plan.

Il approuva d'un hochement de tête.

— Je sais, admit-il en prenant un panier sur un siège,

près de lui. Mais nous pouvons le faire tout en mangeant. Vous n'avez pas faim ?

— Non.

— Mais si, insista-t-il en déposant des couverts et des serviettes sur leurs tablettes. Il y a des heures que vous n'avez rien avalé. Je ne tiens pas à ce que vous ayez un malaise, comme les reines d'Angleterre.

— Je ne suis pas en sucre et je n'ai pas l'habitude de me comporter comme une princesse, et encore moins comme une reine ! rétorqua-t-elle, irritée par ses sarcasmes. En revanche, vous me devez une explication !

Il lui décocha un regard sévère.

— Je ne vous dois rien. Je ne réponds à vos questions que parce que la situation l'exige. Prenez un sandwich.

Durant une fraction de seconde, Layla songea à lui lancer son sandwich à la figure... Mais à quoi cela aurait-il servi ? C'était lui qui tenait les cartes en main.

Vaincue, elle avala une bouchée et se sentit immédiatement revigorée par le poulet et les crudités. En réalité, elle avait faim !

Elle ne bouda pas non plus le yaourt, la pomme et les biscuits qu'il lui avait servis. Puis, il sortit une Thermos et leur remplit deux tasses de café.

Comme Layla se tournait vers lui pour le remercier, il sourit. Elle fronça les sourcils.

— Pourquoi me regardez-vous ainsi ? Qu'y a-t-il de si drôle ?

— Rien, mais vous avez une petite miette sur la lèvre... Attendez.

Il prit sa serviette pour l'essuyer, mais elle se recula et attrapa la sienne.

— Je n'ai pas besoin de votre aide ! protesta-t-elle.

— Ah ? Dans ce cas, comment vous êtes-vous retrouvée dans cette situation ? demanda-t-il d'un ton ironique.

— Vous sous-entendez que c'est ma faute ?

— Je ne sous-entends rien, mais vous ne m'avez toujours pas dit comment…

— Vous devriez poser la question à Omar ou à votre père ! coupa-t-elle, furieuse.

Khalid ne répondit pas. Il avait en effet l'intention d'interroger son père pour démêler les fils de cette affaire, dès qu'elle serait terminée. Mais pour le moment, elle ne l'était pas. Et contrairement à ce qu'il avait affirmé tout à l'heure, ils étaient loin d'être « en sécurité ».

Inch Allah. Tout se jouerait dans les heures à venir.

— Eh bien, Votre Altesse ? Vous avez avalé votre langue ? moqua-t-elle.

Khalil soupira, rangea les vestiges du repas dans le panier et posa celui-ci à terre.

— Comment tout ceci est arrivé n'a plus guère d'importance, lâcha-t-il. Seule la résolution du problème nous intéresse.

— Et pourriez-vous me faire l'immense honneur de me dire comment vous comptez résoudre ce… *problème* ? Allons-nous faire escale ? Devrai-je prendre un deuxième avion pour rentrer à New York ?

— Non, nous n'allons pas à New York. Nous allons à Paris.

— Quoi ? A Paris ? Pas question ! Je veux rentrer chez moi, et…

— J'ai un appartement, à Paris, précisa-t-il.

— Et alors ? Je n'ai pas besoin de visiter votre appartement ! Je veux seulement rentrer à la maison !

Elle se mordit la lèvre, consciente qu'elle s'exprimait comme une enfant faisant une crise de nerfs. Mais il

la toisait avec une arrogance qui alimentait sans cesse sa colère.

— Croyez-moi, *habiba*, c'est ce que je souhaite moi aussi ! Je vis à New York, et un dossier de la plus haute importance m'y attend. Et plus tôt vous sortirez de ma vie, mieux je me porterai !

— Mais alors pourquoi…

— Parce que c'est ce que j'ai décidé ! Point final.

Bouche bée, Layla le dévisagea longuement, ne sachant si elle devait le gifler ou se mettre à pleurer. A y bien réfléchir, les deux options étaient tout aussi absurdes…

Visiblement exaspéré, il semblait réfléchir intensément. Soudain, il reprit :

— Vous vous imaginez peut-être que je peux vous enlever à votre père et à votre fiancé d'un claquement de doigts ? Que je peux m'opposer impunément à la décision du sultan et du Conseil ? Il y aura des conséquences.

Bon sang, à quoi pensait cette petite insolente ? songea Khalil avec irritation. Le geste qu'il venait d'accomplir en sa faveur était grave — très grave. Pensait-elle qu'il lui suffisait de rentrer aux Etats-Unis pour que tout soit oublié ?

— Quelles conséquences ? demanda-t-elle en le fixant avec calme.

— Votre mariage était destiné à entériner la paix à la frontière nord. De plus, votre père et Butrus seraient devenus des alliés.

— Ne l'appelez pas mon « père ». Donner biologiquement la vie à un enfant n'a rien à voir avec le fait de l'élever. Et n'appelez pas non plus ce… cette créature mon « fiancé ». C'est grotesque.

Les yeux de la jeune femme lançaient des éclairs, et

Khalil ne put réprimer un élan d'admiration envers cette fierté et ce courage. Mais où étaient passées ces belles qualités quand le mariage avait été préparé ? Avait-elle réellement été contrainte de donner son consentement, ainsi qu'elle l'affirmait ? Ou bien son père avait-il dit la vérité ?

Oui, avait-elle été tentée par l'immense fortune de Butrus, au point de renoncer à sa chère indépendance ? D'une certaine manière, Khalil n'aurait pas dû accorder la moindre importance à ce détail. Mais sans qu'il sache pourquoi, les motivations profondes de Layla le tourmentaient. Il avait besoin de se libérer de ses doutes et de croire que la jeune femme n'était pas vénale.

— Je n'ai aucune envie de me lancer dans une querelle de vocabulaire, répliqua-t-il avec humeur. La seule chose qui m'intéresse, c'est de trouver un moyen pour que tout le monde sorte de ce chaos la tête haute.

— Tout le monde ? Vous voulez dire : Omar, Butrus et votre père ?

— Cessez d'ergoter sur chacun de mes mots. Je viens de vous dire que le sort de *toutes* les personnes impliquées dans cette histoire me tient à cœur. Il y a aussi mon peuple. Il faut éviter que le sang ne soit versé, et j'ai besoin de deux ou trois jours pour établir une stratégie.

— Mais laquelle ? insista-t-elle. J'ai le droit de savoir, Khalil.

Il sentit un frisson lui courir dans la nuque. Il aimait la manière dont elle prononçait son prénom… Ah, bon sang ! Qu'est-ce que ça pouvait bien lui faire, qu'elle prononce son prénom d'une voix si mélodieuse ?

— Je vous dirai ce que vous devez savoir en temps et en heure, conclut-il en croisant les bras.

Oui, c'était une réponse stupide. Il le savait. Mais c'était à cause d'elle. Cette femme avait le don de le rendre idiot.

— Vous savez ce que vous auriez *vraiment* besoin de savoir ? demanda-t-elle en se penchant vers lui.

Il lui adressa un regard méfiant. Elle avait un petit sourire en coin, et la manière hautaine dont elle le toisait lui rappelait l'instant où elle l'avait insulté, sur la plage.

— En fait, vous avez l'air d'un parfait imbécile, lâcha-t-elle.

Même s'il s'y attendait, il se retourna vivement vers elle. Personne n'avait jamais osé l'offenser, et encore moins l'insulter ! Ni un homme, ni une femme. Jamais ! Mais, étrangement, l'attitude directe de Layla ne blessait pas son amour-propre. Il avait toujours apprécié le franc-parler, et cette attaque lui donnait plutôt envie d'entrer dans son jeu.

— Un imbécile, vraiment ? fit-il. Peut-être… Mais en somme, c'est le compagnon idéal pour une croqueuse de diamants, non ?

Visiblement désarçonnée, elle se recula légèrement.

— Une quoi ?

— Une femme qui aurait préféré se marier librement, mais qui a finalement consenti à épouser un homme richissime, pour mener une vie de luxe au-delà de toutes ses espérances…

— Quoi ? Vous parlez de Butrus ? reprit-elle en le dévisageant avec incrédulité. Mais… Vous êtes fou !

— Non, je ne crois pas. Et à mon avis, vous n'êtes pas folle non plus : vous avez donné votre accord à cette union.

— Comment pouvez-vous croire une chose pareille ! s'exclama-t-elle, choquée.

Elle en avait les larmes aux yeux, observa-t-il, à la fois honteux d'avoir douté de sa sincérité et soulagé de constater qu'elle n'était pas l'intrigante qu'il redoutait.

— Et comment pouvez-vous croire que j'accepterais d'épouser de force un homme que je n'ai jamais rencontré, qu'il soit riche, pauvre, beau ou laid ? Omar m'a tendu un piège, et c'est lui qui espérait y gagner de l'argent ! Je n'ai jamais...

Khalil ne put résister plus longtemps. Il prit les mains de Layla pour attirer celle-ci à lui et l'embrasser avec passion. Il n'avait pas besoin d'en entendre davantage... Il avait surtout envie de sentir la chaleur de cette bouche délicieuse. Les jolies femmes ne manquaient pas, dans le vaste monde. Mais c'était la première fois qu'il en rencontrait une dont la beauté parfaite s'alliait à cette grâce féline et à cette fierté irréductible. Layla ne s'inclinait pas devant lui...

Répondant fiévreusement à son étreinte, elle se cambrait sous ses caresses, et il réalisa soudain qu'il était en train de perdre la tête. Au prix d'un effort surhumain, il se détacha d'elle pour retomber dans son fauteuil, le souffle court. Elle semblait prise de court par cette interruption brutale et le contemplait avec ébahissement...

Mieux valait faire comme si rien n'était arrivé. Troublé, Khalil se leva et murmura :

— Vous trouverez des oreillers et des couvertures dans le compartiment sous votre siège. Essayez de dormir.

Le rouge aux joues, Layla luttait pour retrouver une contenance, tout en évitant soigneusement de croiser son regard.

Il tourna les talons et gagna un autre siège, à l'avant de l'appareil.

Durant un long moment, il réfléchit et tenta de chasser la jeune femme de ses pensées. Sa présence le déconcentrait. Il devait à tout prix interrompre le flirt qu'il avait initié entre eux. Elle l'attirait. C'était incontestable. Et à l'évidence, il ne lui déplaisait pas non plus… Mais cette affaire était dangereuse, et un seul faux pas pouvait les mener à la catastrophe.

6.

Un rayon de soleil, clair et chaleureux…

Des draps de soie, doux et sensuels sur sa peau…

Un matelas immense et merveilleusement confortable, et un parfum de café fraîchement passé…

Layla ouvrit lentement les yeux, sans comprendre où elle était. Dans son minuscule studio de New York, elle dormait sur un canapé convertible, faute de place ; il suffisait d'un faux mouvement pour qu'elle se réveille sur le sol. Mais ce lit avait presque les dimensions d'une piscine olympique…

Baissant les yeux sur sa poitrine, elle découvrit qu'elle était vêtue d'une tunique d'homme beaucoup trop grande. Sans doute un vêtement de Khalil. Mais que faisait-elle ici, et comment y était-elle venue ? Qui l'avait déshabillée ? L'angoisse lui noua la gorge, et elle songea avec effroi qu'elle s'était laissé entièrement dévêtir par Khalil ! Et elle n'en avait aucun souvenir !

Comment était-ce possible ? Elle se rappelait simplement l'avion… Et le moment où Khalil était venu remonter la couverture sur elle. Il la croyait endormie, mais elle n'avait rien perdu de ce geste tendre et attentionné.

Oui, mais après l'avion ? Rien, le trou noir…

Soudain, quelques coups furent frappés à la porte,

et elle se redressa sur ses oreillers. D'un geste vif, elle remonta les draps jusque sur son menton.

— Oui ?

Avec étonnement, Layla vit une petite femme d'une cinquantaine d'années entrer dans la pièce. Elle était chargée d'un plateau.

— Bonjour, mademoiselle, je suis Marianne. Vous avez bien dormi ?

Ce fort accent français... Elle était donc à Paris ?

— Oui, je vous remercie, répondit-elle en souriant. Pouvez-vous me dire où je suis ?

— C'est une bien étrange question, *habiba*, intervint Khalil. Je croyais que vous ne vouliez pas avoir l'air d'une princesse...

Elle s'apprêtait à répliquer avec verdeur, mais à l'instant où elle le vit dans l'encadrement de la porte, elle fut incapable d'articuler un son. Seigneur, il était si séduisant... Il portait un jean et un T-shirt aux armes d'Harvard. Ses cheveux encore mouillés scintillaient dans le soleil, et sa peau fraîchement rasée semblait plus douce et veloutée que jamais...

Oui, Khalil était décidément un homme très sexy. Mais quelle importance ? Elle avait des questions importantes à lui poser. Par exemple : où étaient-ils, et qu'allaient-ils faire ?

Comme s'il avait lu dans ses pensées, Khalil sourit et s'approcha lentement du lit.

— J'imagine que vous attendez certaines réponses... Mais nous verrons tout cela après le petit déjeuner.

Marianne posa alors le plateau sur une grande table de chevet, et Layla sentit l'eau lui monter à la bouche en découvrant le panier de croissants encore chauds, dont le fumet lui caressait les narines. Les assiettes étaient en

porcelaine, les serviettes en lin, et les couverts en argent. A côté d'un soliflore contenant une superbe rose jaune s'étalaient plusieurs petits pots de confiture, une salade de fruits frais, une demi-baguette et du beurre.

Il n'y avait aucun doute : elle était à Paris…

Et elle en avait le cœur battant d'excitation. Depuis sa plus tendre enfance, elle rêvait de visiter un jour la ville la plus romantique du monde !

Et même si elle maudissait d'éprouver cette joie profonde et tout à fait incongrue, elle ne pouvait lutter contre toutes les images fabuleuses qui se formaient dans son esprit — des promenades en bord de Seine, un dîner à Montmartre, ou encore le panorama depuis le sommet de la tour Eiffel.

Dès que Marianne se fut éclipsée, Khalil ferma la porte derrière lui et fixa Layla de son intense regard gris.

— Allez-y. Je suis prêt à vous répondre. Et mangez…

Un peu décontenancée, Layla demanda :

— Nous sommes à Paris ?

C'était vraiment une question stupide…

— Oui, confirma-t-il d'un ton moqueur. Vous trouvez que ça ressemble au Texas ?

Ignorant sa remarque, elle enchaîna :

— Où, à Paris ?

— Dans le IVe arrondissement.

Elle venait donc de poser une deuxième question stupide… Car cette indication ne l'éclairait guère. Croquant dans un croissant, elle ferma les yeux et savoura le goût incomparable de cette viennoiserie sortant du four. Puis, elle se servit une tasse de café.

— En fait, nous nous trouvons sur l'île Saint-Louis, précisa-t-il, toujours railleur. Au centre de la ville, face

à la Seine. Vous voulez aussi le nom de la rue et le code d'entrée de l'immeuble ?

— Vous n'êtes pas drôle ! se défendit-elle. J'ai été traînée ici depuis l'avion comme un sac de linge sale !

Haussant les sourcils, il fit mine de réfléchir et répliqua :

— Un sac de linge sale ? Ce n'cst pas ainsi que je vous vois.

— Cessez ce petit jeu ! Comment se fait-il que je ne me rappelle pas l'atterrissage, ni notre arrivée ici ? Vous aviez mis de la drogue dans mon café, c'est ça ?

— Non. Vous étiez simplement épuisée, *habiba*, répondit-il en souriant. J'imagine que vous aviez beaucoup de sommeil à rattraper… Je vous ai portée jusqu'ici, et vous dormiez comme un bébé.

Layla soupira. A la vérité, elle avait bien peu dormi, durant ces derniers jours, des jours terribles. Et l'angoisse l'avait épuisée, en effet. Mais l'idée que Khalil l'ait déshabillée la mettait mal à l'aise.

— Mais, euh… Qui m'a couchée dans ce lit ? s'enquit-elle d'une voix hésitante.

— Moi.

A ces mots, elle devint écarlate. Khalil dut se retenir pour ne pas éclater de rire et la prendre dans ses bras. Elle était adorable quand elle rougissait.

— Détendez-vous, *habiba*, enchaîna-t-il. Je me suis contenté de vous porter jusqu'à ce lit, et c'est Marianne qui s'est chargée du reste.

Visiblement soulagée, elle passa une main dans ses cheveux dorés et sourit. Aussitôt, Khalil sentit tout son corps réagir : cette chevelure soyeuse, illuminée par le soleil matinal, ranimait en lui un désir ardent. Or, durant toute la nuit, il s'était tourné et retourné sans fin sur son

matelas, songeant à la créature ravissante qui dormait à quelques mètres de lui…

C'était tout juste s'il était parvenu à fermer l'œil.

— Levez-vous, lança-t-il brutalement. Prenez une douche et habillez-vous. Je vous attends sur le balcon.

Elle avala une dernière bouchée de croissant, finit son café et lui retourna un regard sarcastique :

— M'habiller ? Avec quoi ?

Bon sang, comme s'ils n'avaient pas des problèmes plus urgents à résoudre… Mais elle avait raison.

— Vous remettrez les vêtements que vous portiez hier, dit-il, agacé.

— Mais…

— Il n'y a pas de « mais » qui tienne, *habiba*. Nous réglerons ce détail plus tard et je vous promets que nous ferons du shopping. Dépêchez-vous et rejoignez-moi dans dix minutes.

— Pourquoi ? Que comptez-vous faire ? Vous n'avez pas le droit de me tenir dans l'ignorance ! J'ai le droit de savoir ce que vous avez dans la tête !

Ses yeux lançaient des éclairs, et tout son être rayonnait de ce feu qui rendait sa personnalité si unique… En se redressant, elle venait de lui révéler le décolleté trop ample de sa tunique, et il apercevait la peau diaphane à la naissance de sa poitrine. Sous l'étoffe de coton, il croyait même deviner la pointe de l'un de ses seins.

Incapable de résister plus longtemps, il s'approcha du lit en silence, sans la quitter des yeux. Bon sang, ces cheveux blonds, cette bouche pulpeuse, ces grands yeux d'un bleu d'orage…

Jamais il n'avait contemplé pareille beauté, à la fois pure et sauvage. Layla parvenait à incarner un mélange

d'innocence et de liberté qui avait raison de tout son self-control.

A l'instant où il se pencha sur ses lèvres, il perçut son hésitation. Comme si elle était la proie d'une lutte intérieure, elle aussi. Mais très vite, elle ferma les yeux et lui offrit sa bouche…

— Oh ! Pardonnez-moi, monsieur, mademoiselle… Je venais vous rapporter les vêtements !

Khalil se redressa vivement et vit Marianne jeter en toute hâte son chargement sur un siège.

Dès que la porte se referma, Layla attrapa le drap pour le rabattre sur elle et détourna les yeux.

Khalil soupira en se relevant.

— Habillez-vous, répéta-t-il avant de s'éloigner à contrecœur.

C'était fabuleux. Paris. Elle était à Paris ! La capitale de l'élégance et de la mode… Et elle se promenait dans ce jean masculin beaucoup trop large, ce T-shirt informe et ces chaussures trop étroites empruntées à Marianne !

Peut-être se serait-elle sentie moins ridicule si son compagnon n'avait pas été aussi élégant : car, de son côté, Khalil était prêt à poser pour *Vogue*, avec sa veste en cuir souple et ses boots beiges. La « ville la plus romantique du monde » n'avait certainement jamais vu un couple aussi mal assorti.

Elle avait honte. A la seconde où ils avaient franchi le hall de marbre de l'immeuble et qu'elle avait aperçu la Seine, elle avait eu envie de se cacher la tête sous un sac.

Apparemment conscient de son malaise, Khalil observa :

— Vous êtes très belle, *habiba*.

— Ne dites pas n'importe quoi. J'ai l'air d'un gosse qui prépare Halloween.

— Pas du tout. Vous allez lancer une mode, et tout le monde pensera que nous revenons de Milan.

Cette réflexion la fit sourire.

— Si seulement c'était vrai !

Alors qu'ils croisaient une jeune fille brune vêtue d'une adorable jupe bleue et de sandales à talons, elle s'immobilisa au milieu de la rue.

— Ça suffit. Vous m'aviez promis que nous irions faire du shopping. Quand ?

— Bientôt.

— Non : maintenant. Je ne veux plus me promener dans ce déguisement ! Il doit bien y avoir un grand magasin où je trouverai des vêtements pour un prix raisonnable, dans le secteur… Et vous en profiterez pour me dire ce que vous avez prévu. Vous vous y êtes engagé.

Il acquiesça.

— D'accord. C'était au programme, de toute façon… Venez, dit-il en se dirigeant vers une boutique dont il poussa la porte.

Layla contempla le contenu de la vitrine, ébahie. C'était l'une de ces enseignes de luxe où le moindre T-shirt valait le prix d'un bijou.

— Quoi, ici ? s'enquit-elle.

— Oui, ici.

— Mais non, c'est impossible ! Je ne peux pas…

— Vous pouvez, coupa-t-il en l'entraînant à l'intérieur d'autorité.

Médusée, elle découvrit les murs mauves de la grande pièce décorée de meubles anciens et de tableaux contem-

porains. Seigneur, il s'agissait sans doute de l'un des magasins les plus onéreux de la capitale !

Les deux vendeuses qui leur souriaient étaient elles-mêmes habillées comme des mannequins de haute couture.

— Monsieur, madame, dit l'une d'elles en s'approchant. Puis-je vous aider ?

— Oui, répondit Khalid. Nous aurions besoin de... A vrai dire, il faudrait habiller mademoiselle de la tête aux pieds.

Installé sur un sofa dans la grande pièce attenante aux cabines d'essayage, Khalil encouragea Layla à suivre la vendeuse, chargée d'une tonne de vêtements.

— Si vous voulez venir avec moi, mademoiselle, dit-elle en souriant.

Layla se sentait dans la peau d'une écolière admise pour la première fois dans le salon du directeur. Timidement, elle emboîta le pas de la jeune femme et alla se déshabiller dans une cabine.

Alors, commença une parade digne de *Pretty Woman*. Des chemises de soie, des jeans siglés par les plus grands stylistes, des pulls de cachemire, des robes, des vestes, des manteaux, des sacs, des escarpins, des bottes, des mocassins, et même de la lingerie...

Pas un seul de ces vêtements ne portait une étiquette mentionnant son prix, et elle savait ce que cela signifiait.

— Vous n'auriez pas, euh... Quelque chose de plus simple ? demandait-elle sans cesse à la vendeuse.

Mais comme la jeune femme ne répondait pas, elle finit par renoncer. Une fois, cinq fois, dix fois, vingt fois, elle

se laissa habiller et déshabiller, tout en contemplant son reflet démultiplié dans les grandes glaces du dressing.

La vendeuse la conduisait vers Khalil, qui approuvait d'un hochement de tête. Et chaque fois qu'il posait les yeux sur elle, elle avait l'impression d'être nue devant lui.

Enfin, alors qu'elle se présentait dans une veste en daim, un chemisier blanc, un jean brut et une extravagante paire de sandales à talons aiguilles, il acquiesça une dernière fois et se leva pour conclure :

— Parfait. Vous livrerez tout cela à mon adresse. Et mademoiselle va garder ces vêtements sur elle.

Affolée, elle le vit se diriger vers le comptoir pour payer et tira aussitôt sur la manche de sa veste en murmurant :

— Mais, Khalil, c'est impossible ! Je ne…

— Nous parlerons de cela plus tard.

— Sûrement pas ! C'est de la folie ! Ces vêtements coûtent une fortune, et il me faudrait des années pour vous remb…

— Layla, vous n'aurez pas à me rembourser et cette garde-robe est indispensable pour la suite de mon plan, trancha-t-il.

Stupéfaite, elle ne répondit pas et attendit qu'ils aient quitté la boutique pour reprendre :

— Je ne comprends pas. Quel est votre plan, au juste ?

— Patience, *habiba*, répliqua-t-il en souriant. Profitez un peu du plaisir du shopping… Votre tenue vous plaît ?

Layla baissa les yeux sur ses chaussures. Des escarpins de rêve ! La souplesse de sa veste était extraordinaire, et elle adorait le bleu intense de ce jean qui lui faisait

des jambes de déesse… Quant à la lingerie de dentelle qu'elle portait au-dessous, elle était à la fois sexy et confortable.

Oui, cette tenue était fantastique ! Trop belle pour qu'elle y renonce… D'ailleurs, elle allait la garder. En revanche, elle rendrait tout le reste à la boutique. Et malgré l'offre généreuse de Khalil, elle rembourserait ces dépenses jusqu'au dernier centime, même si elle devait y consacrer une année entière d'économies !

— Je connais un café très agréable pour déjeuner, enchaîna-t-il en levant le bras pour héler un taxi. Quand nous serons dans le quartier, nous pourrions nous promener et aller admirer le Pont-Neuf. L'idée vous plaît, *habiba* ?

Levant les yeux vers lui, Layla sentit son cœur battre à coups redoublés. Si seulement cet homme n'avait pas été si beau… Si seulement elle était été moins sensible au charme de sa voix sensuelle, moins réceptive à ses caresses…

En quelques heures, il avait réussi à lui faire tourner la tête, et elle ne parvenait plus à contrôler ses émotions. Il la comblait d'attentions alors qu'elle n'avait cessé de l'insulter, depuis leur rencontre.

Mais pouvait-elle croire à ses bonnes intentions ?

Layla promenait un regard admirateur sur le plus ancien pont dominant la Seine. Il courait depuis la rive gauche jusqu'à la rive droite, traversant l'Ile de la Cité.

— C'est magnifique, murmura-t-elle, heureuse de se glisser dans son rôle de simple touriste.

Mais en fait, tous deux ressemblaient aussi à un couple d'amoureux…

Malgré elle, elle sentit sa gorge se nouer. Elle avait bien conscience qu'ils s'étaient lancés dans un jeu dangereux. Depuis plus d'une heure, ils faisaient comme si de rien n'était, comme si cette extraordinaire alchimie qui les attirait l'un vers l'autre n'existait pas. Pourtant, elle sentait la chaleur de son corps près du sien, la puissance de son regard magnétique, chaque fois qu'elle le croisait.

— Non…, murmura-t-elle.

— Non à quoi ?

Elle soupira.

— Khalil… Je veux savoir ce qui va m'arriver, et quand je pourrai rentrer chez moi.

— *Habiba*, nous pouvons en discuter au café, qui est…

— Khalil, je n'en peux plus ! lança-t-elle, désespérée. Répondez-moi !

Il parut hésiter. Ils firent encore quelques pas sur le pont, et il lâcha d'un ton où perçait comme un regret :

— Très bien. Mais vous devez comprendre que j'ai passé en revue toutes nos possibilités, et que je n'en vois aucune autre.

Lasse de ces délais répétés, Layla hocha la tête.

— D'accord : laquelle ? Comment allez-vous empêcher Omar et Butrus de se venger de cette humiliation en faisant couler le sang ? Comment espérez-vous convaincre votre père que vous avez fait le bon choix ? Quand pourrai-je enfin retrouver ma vie ? Vais-je jouer un rôle dans le scénario que vous avez concocté ?

Il la dévisageait d'un air… indéchiffrable.

L'air était doux, le soleil baignait de sa lumière chaleureuse le fleuve vert sombre, mais elle sentit un frisson glacé lui courir sur la peau.

Oh, elle n'aimait pas ce regard trop grave, trop hésitant !

— Oui, vous devrez jouer un rôle dans mon scénario, *habiba*, confirma-t-il. Il s'agit même du premier.

Sa voix avait perdu son éclat, et elle avait même l'impression qu'elle tremblait un peu. Tout cela était très inquiétant…

Pour lui, seul importait l'avenir de son pays. Dire qu'elle avait failli l'oublier…

L'homme qui l'embrassait avec une volupté grisante, qui l'emmenait à Paris pour lui faire admirer les monuments et qui la couvrait de somptueux vêtements était aussi le futur souverain d'un pays qui ne lui avait offert que le chagrin et l'humiliation.

En cet instant, sa gorge était plus sèche que le désert d'Al Ankhara. Khalil n'avait toujours rien dit, mais ses hésitations et son silence étaient très éloquents…

Seigneur, comment s'évaderait-elle, s'il voulait la reconduire là-bas ?

— Q… quel est ce rôle ? balbutia-t-elle, le cœur battant.

Une éternité s'écoula avant qu'il ne réponde. Une éternité durant laquelle elle se laissa aspirer dans les abysses de son regard gris…

Enfin, il prit sa main et murmura :

— Vous allez m'épouser.

7.

Il avait toujours su qu'il devrait un jour choisir une épouse. Se marier, avoir des enfants. Une descendance. Son royaume l'exigeait. S'il avait cru être en mesure de repousser ce moment, il n'avait jamais oublié que cet engagement était inéluctable. En principe, la femme dont il aurait demandé la main aurait dû réagir de préférence par une explosion de joie. Au moins avec un sourire ému !

Mais Layla le fixait comme s'il sortait d'une soucoupe volante. Elle demeurait pétrifiée, et ses grands yeux n'exprimaient rien d'intelligible.

Aucun homme au monde ne pouvait s'attendre à une réponse pareille !

Même si, bien sûr, il comprenait le choc que sa demande devait susciter en elle… Sauf qu'il n'était pas *réellement* en train de lui demander de l'épouser !

Le jour venu, il ferait les choses convenablement — en se mettant à genoux et en ouvrant un écrin contenant le plus beau diamant de la Terre. En outre, ce moment défini par l'étiquette aurait lieu en présence de son père et de la véritable élue de son cœur…

Sauf que cette inconnue ne serait probablement pas « l'élue de son cœur », mais celle du Conseil. Car sa

promise serait choisie parmi les plus grandes familles d'Al Ankhara ou des Emirats.

Bon sang, Layla avait-elle compris qu'il ne s'agissait pas d'un *vrai* mariage ?

Pourquoi ne disait-elle rien ?

Naturellement, elle l'avait pris au mot ! Nom de nom, elle s'imaginait qu'ils allaient convoler en justes noces… La pauvre. Hier encore, elle était fiancée à Butrus, et maintenant, elle pensait devenir l'épouse d'un prince. Certes, elle s'était moquée de son titre et avait prétendu n'y accorder aucune importance. Mais il n'était pas dupe. Toutes les femmes adoraient les titres princiers. Et les Américaines s'abreuvaient de contes de fées dès l'enfance : le mythe du prince charmant était solidement ancré dans leur tête. Ainsi que les fantasmes de robes de mariée à traîne de huit mètres, de palais dorés et de lits à baldaquins…

Eh bien ! Visiblement, Layla avait longuement rêvé de ce genre d'histoires à l'eau de rose : elle n'avait toujours pas bougé d'un millimètre !

Mieux valait qu'il intervienne pour lui expliquer qu'il ne s'agissait que d'un artifice, avant qu'elle ne se berce d'illusions bien cruelles. Car il n'était pas question qu'il se marie avec elle, et…

— Vous avez dit… Vous avez dit que j'allais vous épouser ?

Ah ! Elle avait recouvré la parole !

Il prit une profonde inspiration :

— *Habiba*, je me représente très bien ce que vous devez ressentir, mais…

— Vous épouser ? *Moi ?*

Khalil fronça les sourcils. La manière dont elle venait

de prononcer ces mots n'était guère flatteuse. Comme si elle était horrifiée à cette idée.

— Oui, répondit-il sèchement. C'est ce que je viens de dire.

Une nouvelle fois, elle écarquilla les yeux et resta bouche bée.

Autour d'eux, les passants leur jetaient de longs regards intrigués : ils étaient en train de se donner en spectacle, et il en était embarrassé.

— Ça suffit, maintenant, dit-il sèchement. Reprenez-vous !

— Je suis d'accord, répliqua-t-elle. Ça suffit.

Tournant les talons, elle se dirigea vers le quai, mais Khalil la rattrapa par le bras tout en tentant de héler un taxi.

Quand une voiture s'arrêta devant eux, il poussa la jeune femme à l'intérieur.

— Lâchez-moi ! protesta-t-elle.

— Montez et taisez-vous.

— Vous croyez que je vous appartiens ? Qu'il vous suffit de donner des ordres pour que je vous obéisse ? Ma parole, c'est un passe-temps national, chez vous !

Gêné, Khalil perçut l'impatience du chauffeur, qui toussotait pour leur faire comprendre qu'il était temps qu'ils choisissent de monter ou de rester là.

— J'aurais dû m'en douter, reprit-elle, acide. Vous m'arrachez à une prison pour mieux m'enfermer dans une autre !

— Je vous ai dit que j'avais un plan, et vous avez exigé de l'entendre !

— Et c'est *ça*, votre plan ? Que j'épouse un homme semblable à mon père et à Butrus ?

Relevant fièrement le menton, il la toisa avec hauteur et rétorqua :

— Je ne suis semblable à personne !

Elle s'esclaffa, et il ne put réprimer un juron.

Et voilà ! Il avait l'air d'un authentique imbécile, parce qu'elle était incapable d'écouter jusqu'au bout ! Quelle femme impossible !

Il la poussa d'autorité sur la banquette arrière et donna une direction au chauffeur, qui démarra au quart de tour.

Un moment plus tard, ils parvenaient sur l'île Saint-Louis. Sortant son portefeuille, il tendit quelques billets à l'homme avant d'entraîner la jeune femme au-dehors.

— Où allons-nous ? demanda-t-elle, méfiante.

— Là où nous pourrons parler tranquillement. Chez moi.

— Parler ? Vous ne savez pas parler ! Vous êtes exactement comme les autres ! Vous ordonnez, et c'est tout. Vous, Omar, Butrus et votre père !

Comme il lui prenait le poignet pour l'entraîner à sa suite, elle se débattit.

— J'aurais mieux fait d'entrer au couvent ! s'exclama-t-elle.

— Arrêtez de dire n'importe quoi et pressez un peu le pas. Je ne supporte pas les scandales. Nous devons…

— Je ne peux pas marcher plus vite, avec ces chaussures, protesta-t-elle. Et je ne veux pas ! Pour qui vous prenez-vous ? Vous n'êtes qu'un tyran, un despote, un dictateur, et je…

C'était assez. Il en avait trop entendu. La soulevant dans ses bras, il traversa la rue et se dirigea vers son immeuble.

— Vous n'avez pas le droit ! protesta-t-elle en le

frappant de ses poings. Reposez-moi tout de suite ! Nous ne sommes pas à Al Ankhara, ici, mais à Paris ! Vous n'avez pas le droit !

Mais les passants riaient sur leur passage, songeant probablement à une querelle d'amoureux. Khalil monta bientôt l'escalier pour pénétrer dans l'appartement. Là, il déposa la jeune femme dans le grand canapé du salon.

Furieuse, elle lui décocha un regard noir en se relevant et en pointant vers lui un index menaçant :

— Espèce de monstre égocentrique et prétentieux ! Vous n'êtes qu'un fils de…

— N'allez pas trop loin, coupa-t-il d'un ton cinglant. Et calmez-vous.

Il voulut lui prendre les mains, mais elle se débattit encore en hurlant :

— Me calmer ? *Me calmer ?* Alors que vous osez me porter dans les rues comme un…

— Comme un sac de linge sale ? Nous savons tous deux que vos vêtements ne méritent pas une telle insulte… Et puis, vous ne pouviez plus marcher.

— Ça vous étonne ? Vous m'annoncez que je dois vous épouser, et…

— *Vous* aviez exigé une explication ! tonna-t-il. Je vous l'ai donnée. Je ne veux rien d'autre que nous sortir de cette situation !

— Ce n'est pas une « situation », c'est un cauchemar ! reprit-elle, les larmes aux yeux. Pourquoi me faites-vous cela ? Pourquoi me traitez-vous comme un objet, alors que j'ai déjà été vendue à un monstre comme une vulgaire marchandise, par cet immonde porc d'Omar ?

Poussant un profond soupir, il l'invita à s'installer près de lui sur le canapé.

— Ce monstre vous voulait pour femme. Et ce porc vous a donné la vie.

— Non. Omar m'a faite prisonnière et m'a vendue à Butrus. Quand allez-vous vous enfoncer ce fait dans le crâne ? Car c'est un fait !

— Mais comment est-ce arrivé ? Pourquoi ? Qu'êtes-vous venue faire à Al Ankhara ? Vous ne m'avez jamais donné les détails.

Layla laissa échapper un rire amer.

— Pour quoi faire, puisque vous ne me croyez pas ?

— Si, je vous crois. Je crois que vous êtes la fille d'Omar et que vous avez été fiancée à Butrus. Je crois aussi que vous avez une mère américaine. Tout le reste, je l'ignore. *Habiba*, j'ai trente-deux ans, et c'est la première fois que j'entends parler de tels agissements dans mon pays.

— Sans doute parce que vous n'avez pas *voulu* l'entendre ! protesta-t-elle, visiblement bouleversée.

Il soupira. Il avait envie de lui jurer que c'était impossible. Mais il y avait si longtemps qu'il avait quitté le royaume…

— Je veux que vous repreniez votre récit depuis le début, dit-il avec douceur, tout en serrant sa main dans la sienne.

Layla leva les yeux vers lui. Il paraissait sincère. Et même si elle n'avait pas envie de se replonger dans cette histoire affreuse, c'était nécessaire. Aussi prit-elle une longue inspiration.

— C'est une longue histoire. Quand j'étais petite, je vivais avec ma mère, qui était serveuse dans des restaurants. Nous déménagions sans cesse, passant d'une ville à l'autre de la Nouvelle-Angleterre. Nous ne restions que

quelques mois au même endroit… Mais à dix ans, j'ai commencé à bombarder ma mère de questions. J'avais besoin de savoir pourquoi je ne connaissais pas mon père… Et alors, elle m'a tout dit.

Khalil l'écoutait attentivement et lui sourit pour l'encourager à poursuivre.

— Elle était très jeune à l'époque. Elle rêvait de devenir actrice. Et on lui a permis d'auditionner pour un film qui devait se tourner à Al Ankhara.

Khalil fronça les sourcils.

— Il n'y a pas de studios, dans mon pays… C'est impossible !

— En effet. Mais ma mère ne l'a découvert qu'à son arrivée sur place. La société de production servait de couverture à une organisation réduisant les femmes en l'esclavage…

— Impossible ! répéta-t-il. Pas à Al Ankhara !

Layla enchaîna :

— C'est Omar qui l'a achetée. Il l'a… utilisée. Elle est tombée enceinte et m'a donné naissance. Maman m'a toujours dit que mon arrivée dans sa vie avait été son seul bonheur.

En remuant ces vieux souvenirs, elle sentait son cœur se serrer. Ses mains tremblaient. Et celles de Khalil aussi.

— J'ai commis l'erreur de ne pas la croire, reprit-elle. Tout cela semblait grotesque… Plus spécialement ce qui concernait mon père.

Tremblant de tous ses membres, elle observa encore un bref silence.

— Continuez, l'encouragea-t-il en pressant doucement sa main.

— Elle s'est enfuie alors qu'Omar était en voyage. Il

lui avait offert des bracelets en or, qu'elle est allée vendre pour s'acheter un billet d'avion et rentrer aux Etats-Unis. Le temps a passé, et maman espérait qu'Omar l'aurait oubliée… Au bout de quelques années, nous avons cessé de déménager aussi souvent, et nous sommes venues à New York. Maman a pu renoncer à son travail de serveuse, et elle a dirigé un petit magasin à Chelsea. Je suis entrée à l'université pour commencer mes études de psychologie, mais…

Elle ferma les yeux. Le souvenir de cette période était particulièrement pénible.

— Maman est tombée malade, dit-elle d'une voix entrecoupée de sanglots. Et quand… quand elle est partie, j'ai eu besoin d'en savoir davantage sur mon père.

— Je vois. Vous avez donc décidé de venir à Al Ankhara et de le rencontrer.

— Pas tout de suite. J'ai également étudié l'archéologie et l'arabe littéraire. Il fallait que je me familiarise avec mes racines. Et quand je suis passée à l'arabe parlé…

— Vous avez retenu l'essentiel, la coupa-t-il, un sourire aux lèvres.

Elle leva les yeux vers lui. Il essayait de la faire rire, et elle lui en était reconnaissante. Mais les événements qui avaient suivi n'avaient, hélas, rien de très amusant.

— Presque, acquiesça-t-elle. C'est alors que j'ai pris mon billet d'avion. J'étais persuadée que ma mère avait exagéré…

— Et ? demanda Khalil d'une voix à peine audible, comme s'il appréhendait la suite.

Elle soupira.

— Dans un premier temps, mon père a prétendu qu'il était ravi de me rencontrer. Il m'a proposé de séjourner quelques jours chez lui pour que nous apprenions à nous

connaître. Il semblait si gentil… Si différent de l'homme que ma mère m'avait décrit…

— Mais il ne l'était pas.

Elle secoua la tête.

— Deux jours après mon arrivée, il m'a annoncé qu'il avait une surprise pour moi : il m'avait trouvé un mari. Je lui ai répondu que je n'en voulais pas, mais il a considéré que cela n'avait aucune importance. J'ai découvert qu'il m'avait pris mes vêtements. Il m'a alors obligée à porter une robe et m'a enfermée au harem, en me confiant à cette brute que vous avez vue, et à deux servantes. Je savais que Butrus attendait que je lui sois livrée. Alors, une nuit, quand j'ai repéré un yacht amarré au loin, je me suis enfuie. Mais j'ai été vite rattrapée, comme vous le savez…

Khalil laissa échapper un juron et serra les poings. Il l'attira doucement contre son épaule.

— Non, murmura-t-elle en se reculant.

— Layla…

— Vous êtes comme eux, déclara-t-elle en lui décochant un regard empli d'amertume. Vous êtes comme tous les hommes que j'ai vus là-bas. Vous ne pensez qu'à ce que vous voulez obtenir, sans vous soucier de ce que ressentent les gens…

— Je comprends que vous voyiez les choses ainsi, et je sais que je n'ai pas toujours été honnête avec vous. J'aurais sans doute dû vous révéler plus tôt le contenu de mon plan, mais…

— Mais vous ne l'avez pas fait, le coupa-t-elle. Vous avez préféré me donner des ordres comme si j'étais une idiote, et vous m'auriez contrainte à vous suivre aveuglément si je n'avais pas exigé une explication.

— Non, ce n'est pas vrai, protesta-t-il. Je n'ai rien fait d'autre que chercher une solution.

— Dites plutôt que vous voulez sauver votre père et son trône ! Mais permettez-moi de vous dire qu'un mariage avec vous n'est pas une solution acceptable, Votre Altesse. Je ne suivrai pas le chemin de ma mère. Personne ne m'achètera !

— Layla, il n'est pas question que je vous achète… La raison pour laquelle j'ai évoqué ce mariage, c'est…

— Je ne suis pas stupide : je peux le comprendre toute seule ! Vous allez dire à votre fameux Conseil que vous avez renoncé à me livrer à Butrus parce que vous me vouliez pour vous, c'est bien cela ?

— Oui, admit-il. C'est la seule solution, *habiba*. Voyez-vous, je suis l'héritier de la couronne, et…

— Ah oui ? Vraiment ? explosa-t-elle en lui lançant un regard de défi.

— Qu'est-ce que ça veut dire ? demanda-t-il en fronçant les sourcils.

— Oh, vous savez parfaitement ce que ça veut dire ! Vous m'avez suffisamment rappelé que vous étiez un prince. Quelqu'un qui obtient tout ce qu'il veut. Et, bien sûr, il vous suffira de dire à votre père que vous me voulez, moi, pour que tout le monde tombe à genoux et que…

— Personne ne tombera à genoux ! tonna-t-il. Mais je joue cette carte précisément parce que le Conseil aura des difficultés à s'opposer à une telle demande de ma part ! Néanmoins, les ministres seront furieux, et…

Le rire sarcastique de la jeune femme l'interrompit.

— Oh, ils seront furieux… Comme c'est dommage !

— Quoi qu'il en soit, ils devront composer avec cette

nouvelle donne, reprit sèchement Khalil. A moins que vous ne préfériez que je vous conduise tout de suite à Kasmir ?

— Non, ce que je voudrais, c'est que vous me disiez la vérité ! Mais pourquoi vous donner cette peine ? Je ne suis qu'une femme !

Khalil secoua la tête et s'enfonça dans le canapé. D'accord, il aurait pu tout lui dire... Mais cela ne lui était pas venu à l'esprit. A moins qu'il n'ait redouté une réaction de ce genre... Quelle importance ? Désormais, le temps pressait.

— Une malheureuse femme ! enchaîna-t-elle, hors d'elle. Et vous, vous êtes le maître de l'univers !

Oh non, songea-t-il, épuisé. Il n'était qu'un homme. Peut-être manifestait-il un peu trop d'arrogance, en effet...

Mais bon sang, il n'avait pas besoin de ça maintenant. Il avait le pouvoir, et il devait en user à bon escient, sans être sans cesse entravé par une créature enragée. Avait-elle oublié qu'elle était en danger ?

Si son plan ne fonctionnait pas...

Ou si ses adversaires avaient réagi plus vivement que prévu, et que Butrus et Omar étaient déjà sur leurs traces...

Il faisait surveiller l'appartement par deux gardes du corps, qui lui confirmaient par texto, toutes les deux heures, que tout allait bien. Mais pour l'heure, il demeurait le seul capable de sauver Layla.

Et elle allait devoir le comprendre, lui faire confiance. Même si, jusqu'ici, il lui avait donné les meilleures raisons du monde de n'en rien faire.

8.

Il était le seul homme à pouvoir la sauver… Etait-il également le seul capable de la faire fondre entre ses bras ?

Peut-être.

Il avait envie d'elle. Malgré lui, envers et contre tout ce qui les séparait. Envie de l'embrasser et de l'entendre soupirer de plaisir… Mais le moment était mal choisi pour tenter quoi que ce soit de ce côté. Elle lui jetait toujours le même regard assassin.

Mieux valait qu'il aille faire un tour pour réfléchir, pendant qu'elle recouvrait son calme. Ensuite…

— Je sors, déclara-t-il en se levant avant d'enfiler sa veste. A mon retour, nous parlerons de ce qui va suivre.

— Non ! Je ne vous épouserai *jamais* ! s'écria-t-elle.

— Nous verrons cela plus tard.

— En tout cas, je sais ce que je vais faire ! Maintenant !

— Ah oui ? Fuir ? Vous réfugier à l'ambassade ? Sans passeport et sans un sou ? Ne soyez pas stupide, *habiba*… Comme vous l'avez fort justement observé, je

suis un prince. Et vous pensez que votre gouvernement va se mêler d'une querelle d'amoureux ?

— Ce n'est pas du tout ce dont il s'agit !

— Non ? C'est pourtant ainsi que je vois les choses. Et je me demande qui les représentants de l'ambassade voudront croire : une femme en pleine crise d'hystérie qui ne peut prouver son identité, ou moi, l'héritier d'un royaume respecté dans le monde entier. Quant à vous échapper en courant les rues, je ne vous le conseille pas : Omar et Butrus ont certainement déjà lancé leurs hommes à nos trousses.

A ces mots, elle blêmit.

— Comment sauraient-ils où nous sommes ?

— L'argent achète tout, quand on sait y mettre le prix. Si vous voulez rester en vie, ne bougez pas d'ici.

De toute façon, il y veillerait personnellement en alertant les deux hommes chargés de leur sécurité, ainsi que le gardien de l'immeuble.

Même contre son gré, il la protégerait.

Bien sûr, il aurait pu s'épargner cet affrontement en lui révélant qu'il n'avait pas vraiment l'intention de l'épouser. Mais il ne le ferait pas.

Il claqua la porte derrière lui.

Il y avait des heures qu'il marchait. Il avait longé les quais, traversé le jardin des Tuileries et arpenté les Champs-Elysées sous la pluie. Le soleil du matin avait définitivement disparu.

Mais sa colère n'était pas moins intense qu'à l'instant où il avait quitté l'appartement. En remontant son col, il se demanda pour la centième fois pour qui Layla Adison

se prenait. Il avait pris des risques diplomatiques majeurs pour la sauver, et elle ne cessait de l'insulter !

La manière dont elle avait réagi à sa demande en mariage dépassait les bornes. Elle l'avait repoussé comme s'il était le dernier des hommes !

Comme une voiture s'arrêtait devant lui en klaxonnant, il décocha au chauffeur le genre de regard qu'il aurait aimé adresser à Layla maintenant.

Mais, à sa surprise, l'homme se mit à rire et se pencha pour lui ouvrir la portière, du côté passager.

— Khalil ? Que fais-tu ici ?

— Salim ? répondit-il, stupéfait de reconnaître son plus vieil ami.

— Ça alors ! Comment se fait-il que je te trouve à Paris ?

— C'est une longue histoire… Mais et toi ? Que fais-tu ici ?

Son ami sourit.

— Tu as oublié que j'ai des bureaux ici ?

— Oh… C'est juste.

Le cheik Salim al Taj, héritier du royaume de Senahdar, lui adressa un clin d'œil complice et ajouta :

— Tu montes, ou tu préfères prendre la pluie ici ?

Khalil s'esclaffa et s'installa dans la voiture.

Un moment plus tard, les deux hommes entraient dans un luxueux bar d'hôtel et s'installaient devant la cheminée centrale pour y déguster un cognac.

Leur amitié s'était formée alors qu'ils avaient dix-huit ans, et avec leur complice Tariq, ils étaient devenus inséparables. Ce dernier s'était marié quelques mois plus tôt, mais ils se réunissaient encore régulièrement tous les trois à New York ou dans l'un de leurs royaumes respectifs.

Malgré le plaisir qu'il avait à retrouver son vieil ami, Khalil ne parvenait pas à se concentrer totalement sur leur conversation. Ses pensées le ramenaient sans cesse à Layla et à leur dispute.

— … dîné avec Tariq qui évoquait l'idée d'acheter ensemble une propriété dans le Colorado. Il paraît que le lieu est splendide. Nous pourrions y skier l'hiver… Qu'en dis-tu ? s'enquit Salim. Khalil ? Tu m'entends ?

— Euh, le Colorado ? Ce que j'en pense ?

— Oui ! Tu ne trouves pas que le projet est excitant ? Nous pourrions nous y retrouver tous les hivers.

— Qui ça ?

— *Nous* ! Tariq et sa famille, toi et moi ! Tu n'écoutes pas un mot de ce que je te dis…

— Excuse-moi. C'est seulement que… Eh bien, je suis un peu préoccupé. Les affaires…

Salim le dévisagea longuement avant de sourire et de se pencher au-dessus de la table pour murmurer :

— Les affaires ? Mon œil. Il y a une femme, derrière tout ça.

Khalil soupira.

— Bravo.

— Qui est-ce ? Je la connais ?

— Non, et… Il y a une femme, tu as raison, mais ce n'est pas ce que tu crois.

— Tiens donc ! Explique-moi, alors. Comment a-t-elle réussi à te mettre dans cet état ?

Khalil ne savait que répondre. Par où commencer ? Et quel était l'intérêt de confier cette histoire à son ami ? Ils n'étaient plus à Harvard, et cette étrange affaire n'avait rien de commun avec les excitantes conversations qu'ils entretenaient autrefois au sujet de leur fascination pour l'Amérique, de leurs espoirs…

Néanmoins, une oreille amicale était la bienvenue. Aussi releva-t-il la tête pour commencer :

— Je suis rentré au royaume il y a quelques jours, et je me suis laissé embarquer dans un imbroglio épouvantable…

Le silence retomba enfin. Khalil avait tout dit, et son verre de cognac était vide.

— Si je comprends bien, résuma Salim, tu as voulu éviter à ton père une terrible erreur, et pour cela, tu as trahi sa confiance, exaspéré le Conseil, volé la femme d'un autre, et maintenant, tu voudrais la convaincre de t'épouser.

Khalil leva les yeux au ciel. Dire qu'il avait espéré le secours d'un ami…

— Non, répliqua-t-il froidement. C'est une très mauvaise synthèse.

— Ecoute, j'ai bien conscience que tu as fait de ton mieux. A ta place, j'aurais certainement agi de la même façon. Néanmoins, ce sont bien les faits.

— D'accord, plus ou moins, admit-il à contrecœur. Sauf en ce qui concerne ce mariage. Je ne vais pas l'épouser : j'ai seulement besoin de faire croire à mon père que c'est mon intention. Pourquoi épouserais-je cette femme ? Je la connais à peine. Elle est américaine, et elle n'a aucune idée de ce qu'implique la vie d'une épouse de sultan.

— Hum. Et tu as laissé à Hassan un message à l'intention de ton père…

— Oui, confirma-t-il en jetant un coup d'œil à sa montre. Il doit l'avoir reçu, à l'heure qu'il est.

— Et que dit-il, ce message ?

— Que je regrette de ne pas avoir pu exécuter sa volonté et que je désire cette femme pour moi seul. Je pensais attendre une semaine avant d'appeler mon père pour lui dire que j'avais un peu perdu l'esprit, et que j'allais faire de Layla ma maîtresse et non ma femme.

— Quoi ? Un autre mensonge ?

— Naturellement ! Mais, en réalité, je ne ferai rien de tout cela, et…

— Doucement, doucement. Au final, tu auras effectivement évité une erreur à ton père. Mais que fais-tu d'Omar et de Butrus ?

— Omar aurait la satisfaction de croire que sa fille va épouser le prochain sultan. Et Butrus recevrait un dédommagement extrêmement satisfaisant, en or pur. Ainsi que la promesse de sérieux ennuis, s'il osait causer le moindre trouble en représailles.

— Oui, ton plan semble réalisable. Et cette femme ? Tu l'as enfermée chez toi ?

Khalil hocha la tête en signe d'assentiment.

— Tu ne crains pas qu'elle tente de fuir ?

— Elle n'est pas folle. Elle n'a pas de passeport. Et je la fais surveiller par deux hommes qui assurent notre sécurité. D'ailleurs…

Il fronça les sourcils et sortit son mobile de sa poche.

— Tout va bien. J'ai vérifié toutes les heures, depuis que je suis sorti.

— On dirait pourtant que tu t'inquiètes beaucoup pour elle, objecta son ami. Il y a une chose que je ne comprends pas. Pourquoi ne pas lui avoir dit que cette demande en mariage était un leurre ?

— Elle ne m'a pas laissé parler ! Et puis… Elle est

impossible. C'est pourquoi j'ai eu besoin de prendre l'air.

— Hum… Je me demande si tu n'aurais pas un problème d'ego, Khalil.

— C'est ridicule ! Je ne…

Il s'interrompit et réfléchit un instant. Son ami avait raison. Il avait eu l'occasion de s'expliquer, d'avouer à Layla que ce mariage n'aurait pas lieu. Mais il ne l'avait pas fait, parce que la manière dont elle l'avait rejeté l'avait blessé dans son orgueil.

— Peut-être, admit-il en soupirant.

Un long silence tomba entre eux.

— Ecoute, conclut Salim, tout ce que tu as à faire, c'est rentrer chez toi et avoir une explication avec elle. Vas-y maintenant. Et rappelle-moi quand tout sera réglé : nous pourrions fêter l'événement tous les trois dans un restaurant de Montmartre ?

Khalil le remercia et demanda au serveur de lui appeler un taxi. Oui, c'était simple… Si simple.

Hélas, la vie et la simplicité faisaient rarement bon ménage.

En sortant du taxi, Khalim se sentait beaucoup mieux. Comme l'avait observé Salim, certains problèmes pouvaient être vite résolus.

Il ne voulait pas savoir pour quelle raison il avait si mal réagi, quand elle avait refusé de l'épouser. Le stress des derniers jours, sans doute. Et au fond, quelle importance ?

Même si elle refusait de discuter avec lui, elle allait devoir l'écouter. Après quoi, il appellerait son père.

Il pleuvait à verse, aussi se hâta-t-il de pénétrer dans

le hall. Le gardien accourut vers lui pour lui prendre son parapluie et l'accueillit en souriant :

— Bonsoir, monsieur.

— Bonsoir, Michel. Quel temps épouvantable, n'est-ce pas ?

L'homme approuva.

— C'est exactement ce que j'ai dit à mademoiselle quand elle est sortie, tout à l'heure. Le vent soufflait, et il y avait…

Khalil demeura interdit.

— *Mademoiselle ?* articula-t-il, la gorge sèche. Vous parlez de la jeune personne qui séjourne ici avec moi ?

— Oui, monsieur.

— Vous devez faire erreur… Elle n'a pas pu sortir…

Le sourire de Jean s'évanouit.

— Mais si, monsieur. Je l'ai reconnue tout de suite, malgré ses vêtements d'homme… Une bien étrange tenue, d'ailleurs.

Sans en écouter davantage, Khalil se rua dans l'escalier et gravit les deux étages, le cœur battant. Puis, il entra dans l'appartement et parcourut chaque pièce, l'une après l'autre ; personne.

— Layla ! Layla ! Où êtes-vous ?

Pas de réponse.

Bon sang, et Marianne qui avait terminé son service à midi, comme tous les jeudis ! C'était une catastrophe. Sortant fiévreusement son mobile de sa poche, il appela tour à tour ses deux gardes du corps, qui lui répondirent qu'ils n'avaient vu sortir aucune femme répondant au descriptif de Layla.

— Vous en êtes certain ? s'énerva Khalil. Elle ne s'est tout de même pas volatilisée !

— Non, personne n'est sorti, confirma le responsable d'équipe. Sauf un jeune homme coiffé d'une casquette de base-ball.

Khalil ne prit même pas la peine de le sermonner. Il était trop tard.

Où avait-elle pu aller ? A l'ambassade ? Non, pas à cette heure-ci… A l'aéroport de Roissy ? Non, pas sans argent…

Que pouvait bien faire une jeune femme seule dans un pays étranger, sans papiers et sans un centime sur elle ?

Sans réfléchir, il claqua la porte derrière lui et ressortit.

L'averse lui fouettait les joues tandis qu'il courait dans les rues sombres de l'île Saint-Louis. La Seine était noire, presque hostile, et il sentait son cœur prêt à exploser dans sa cage thoracique.

Tout était sa faute.

Elle l'avait quitté.

Parce qu'il l'avait abandonnée, parce qu'il lui avait menti…

Et désormais, elle était en danger.

Désespéré, il se mit à crier son prénom au beau milieu du pont.

Mais autour de lui, il n'y avait pas âme qui vive.

Le pont, songea-t-il soudain. Le pont ! Etait-elle retournée au Pont-Neuf ?

En toute hâte, il retourna vers son immeuble pour descendre au garage et s'installer au volant de sa Mercedes. Un instant plus tard, il brûlait tous les feux rouges et fonçait sur les quais, en direction du Pont-Neuf.

Laissant sa voiture devant un abribus, il courut encore sur le pont désert, ignorant les gouttes d'eau froide qui s'insinuaient dans le col de sa veste et les battements lourds de ses tempes.

Les minutes passaient à toute allure.

Il vit quelques personnes promenant leurs chiens… Des couples d'amoureux… Des touristes trop heureux de leur séjour pour se laisser décourager par l'averse…

Mais pas de Layla.

Bon sang, où pouvait-elle être ? Les hommes de Butrus l'avaient-ils déjà arrêtée et ramenée à Al Ankhara ? Forçant l'allure, il traversa l'Ile de la Cité et parvint à la seconde partie du pont, qui rejoignait la rive droite.

Une silhouette noire se fondait dans la nuit, accoudée au parapet de pierre. Une silhouette de garçon… Avec une casquette enfoncée sur la tête !

— Layla ! cria-t-il en se précipitant vers elle.

Un instant plus tard, il la rejoignait, à bout de souffle. Elle n'avait pas bougé et levait vers lui un regard apeuré.

— Oh, Layla… Je te demande pardon ! S'il te plaît, pardonne-moi ! J'ai eu tort et je le regrette sincèrement, *habiba*…

— Khalil, murmura-t-elle, tandis qu'une larme roulait sur sa joue.

Il lui ouvrit les bras, et elle vint se blottir contre lui.

9.

Khalil laissa la Mercedes dans la rue et fit le tour du véhicule pour ouvrir la portière de Layla. Puis, il la prit dans ses bras pour la porter jusqu'à l'intérieur.

— Khalil, je peux marcher ! protesta-t-elle, tout en passant les deux bras autour de son cou.

— Je le sais, *habiba*. Mais j'ai envie de te porter.

Elle enfouit son visage au creux de son épaule, et ils traversèrent ainsi le hall d'entrée, sous l'œil ébahi du gardien.

— Bonsoir, Michel, lança simplement Khalil en s'engageant dans l'escalier.

Plus rien n'avait d'importance : ni le regard des autres, ni leurs vêtements trempés, ni les circonstances… Il la portait jusque chez lui, comme si le plus précieux trésor du monde reposait entre ses bras.

Dès qu'ils entrèrent, il la déposa délicatement sur le canapé et alla chercher une couverture pour l'en envelopper. Puis, il remplit deux verres d'alcool et lui en tendit un.

— Merci, Khalil, murmura-t-elle en trempant ses lèvres dans le scotch.

— Layla… *Habiba*, tu as traversé des épreuves terribles. Je comprends que tu m'en veuilles et que…

Il n'eut pas le temps d'achever sa phrase : elle s'était penchée sur lui pour l'embrasser, et il savourait la chaleur de ses lèvres contre les siennes.

Oh, combien il aimait l'embrasser... Mais il n'en avait pas le droit. Ces derniers jours, elle avait été malmenée par les hommes, et il ne serait pas de ceux-là. Il voulait qu'elle sache qu'elle pouvait compter sur lui. Qu'elle lui accorde peu à peu sa confiance. Aussi, puisant au fond de lui-même une force ultime, il s'écarta et lui caressa les cheveux en murmurant :

— Non, il ne faut pas. Plus tard, quand tu auras eu le temps de réfléchir, tu le regretteras, et...

— Khalil, j'ai réfléchi, coupa-t-elle en plongeant son regard grave dans le sien. Durant des heures. Et je suis parvenue à une conclusion : j'ai été folle de te repousser.

— Non, tu as eu raison : c'est moi, qui...

Elle le fit taire d'un autre baiser.

Il était perdu.

Son désir pour cette femme le débordait, et il allait y céder.

Layla avait envie de lui, comme jamais elle n'avait désiré un homme. A la vérité, elle avait rarement désiré un homme...

Son expérience amoureuse était très limitée. Mais c'était aussi pour cette raison qu'elle comprenait la force des émotions qui l'habitaient, dès qu'elle était en présence de Khalil.

Et elle était certaine de vouloir ce qui arrivait maintenant...

Comme il s'emparait de sa bouche avec une avidité

grisante, elle passa les bras autour de son cou et l'entraîna sur le canapé.

En un éclair, elle sentit les mains de Khalil s'insinuer sous sa chemise et courir sur son ventre. De délicieux frissons l'électrisèrent, et elle s'agrippa fermement à lui, savourant cette caresse brûlante. Il déboutonna fiévreusement son jean et, le souffle court, elle le vit contempler son corps d'un regard embrasé…

Ce regard d'un gris magnétique sous lequel elle chavirait…

— Khalil…

Tremblante de désir, elle eut à peine le temps de songer qu'elle n'avait jamais ressenti cette urgence. Non, jamais elle n'avait cru possible qu'un brasier enflamme ainsi son corps.

Il caressait voluptueusement ses seins galbés de dentelle. Ce soutien-gorge qu'il lui avait offert, et qu'elle n'avait pu se résoudre à abandonner derrière elle en quittant l'appartement… Renversant la tête en arrière, elle gémit et enfonça ses ongles dans ses larges épaules.

La boule de chaleur qui s'était formée en elle avait tout d'un volcan. Son sang pulsait à ses tempes, et elle se redressa pour le contraindre à ôter sa veste et son T-shirt. Un fin duvet noir parsemait ses pectoraux impeccablement dessinés, et elle gémit quand ses seins s'écrasèrent sur sa peau ferme et fraîche. Une peau d'ambre, douce et sucrée, dorée par le soleil d'Orient. Khalil avait la beauté d'un dieu.

Ivre de désir, elle se laissa submerger par le vertige. De toute son âme, elle voulait s'abandonner à son étreinte, connaître le goût de sa peau, sentir la force de ses bras se refermant sur elle, faire l'amour avec lui… Khalil s'était emparé de ses sens, et elle posait les armes, tout

simplement parce qu'elle ne savait par quel moyen lutter contre un tel désir.

A bout de souffle, il s'était reculé pour la contempler de son intense regard, où brillait une lueur indéchiffrable.

Captivée, enivrée et brûlante de désir, elle était incapable d'articuler un son.

— Si tu savais combien j'admire ton corps, *habiba*, articula-t-il d'un ton rauque. Tu as des jambes divines. Je les ai remarquées dès le premier soir…

Il fit glisser ses doigts le long de ses cuisses et se mit à la caresser langoureusement. Perdue dans le désir abyssal qui l'entraînait, Layla se cambra pour fermer les yeux et savourer sa caresse. Son parfum la grisait, et elle avait l'impression de ne plus rien entendre que le battement conjugué de leurs deux cœurs…

Il l'embrassait avec passion, et des ondes électriques fusaient en elle chaque fois qu'il effleurait sa poitrine. Il la plaqua contre ses hanches, et l'intensité de son excitation redoubla son ardeur. Un brasier s'était allumé en elle, et rien ne pourrait l'éteindre. Lorsqu'il dégrafa son soutien-gorge pour poser ses lèvres sur l'un de ses tétons dardés, elle manqua perdre connaissance ; le contact fit jaillir en elle des ondes d'une violence insoutenable.

— Viens, souffla-t-il en la soulevant pour la porter jusque dans la chambre.

Elle aimait se sentir portée dans ses bras virils. Car elle y était en sécurité. Quand il la déposa délicatement sur le lit, leurs regards se soudèrent l'un à l'autre.

Elle ne savait plus rien, sinon qu'elle avait follement envie de lui — besoin de lui, de ses mains sur elle, de son corps contre le sien. Pourtant, elle n'avait connu qu'un homme, durant ses études à New York. Leur relation

avait vite tourné court : elle n'aimait pas la manière dont il lui faisait l'amour, trop vite, sans la caresser, sans lui faire connaître les plaisirs de la volupté…

Mais Khalil était exactement l'amant qu'elle espérait : un homme ardent, passionné, tendre et langoureux…

Elle parvenait à peine à respirer. Sa gorge était sèche, et son corps en feu. Les pointes de ses seins étaient dures, et il les caressa de nouveau du bout des doigts en mouvements circulaires, lui arrachant un gémissement. Les sillons de feu qu'il traçait sur sa peau allaient la rendre folle… La tête renversée, le souffle court, elle se sentit transpercée par des ondes de plaisir quand il interrompit sa caresse pour glisser une main sous sa culotte de dentelle.

Elle gémit de plaisir.

— *Habiba*… Tes seins… J'ai tout de suite aimé tes seins, sur cette plage…

Seigneur, il ne lui laissait pas le temps de reprendre ses esprits, et ses mains parcouraient son corps avec une telle intensité qu'elle avait l'impression de sombrer dans un plaisir sans fond.

Personne ne l'avait jamais caressée ainsi. Et jamais elle n'aurait imaginé que c'était possible ! Elle ne pouvait que retenir son souffle en se laissant emporter par ce courant de passion et de feu qui courait dans ses veines.

En ce moment, elle était à lui. Entièrement. Il lui révélait des sensations inconnues, qu'elle voulait explorer avec lui encore et encore…

— Khalil, chuchota-t-elle.

Après ces jours d'horreur, elle renonçait à la peur. Non, ce moment ne l'effrayait pas. Elle enroula ses jambes autour de lui et lui sourit.

Il la couvrit d'un regard intense avant de caresser la

peau satinée de ses cuisses, de glisser sur elle. Enfin, il la pénétra d'un coup de reins.

Elle poussa un long soupir de plaisir et resserra ses bras autour de lui, l'invitant à s'enfoncer plus profondément en elle. Ivre de désir, elle se mit à onduler à son rythme, et leurs mouvements s'accordèrent jusqu'à la fusion.

C'était comme si le corps de Khalil s'accordait parfaitement au sien, comme s'ils étaient faits l'un pour l'autre, tant le plaisir était facile, évident. Oui, elle en était certaine : ce n'était pas seulement du sexe… Ils faisaient l'amour.

Le tumulte de leurs deux cœurs battant la même cadence devenait assourdissant. Leur plaisir montait par vagues, plus violentes à chaque va-et-vient. Enfin, elle ferma les yeux pour qu'il l'emporte dans ce royaume dont il était le prince et où la jouissance leur était réservée, en un instant de pure magie.

Ils restèrent serrés l'un contre l'autre un long moment. Trempés de sueur, immobiles et le souffle court. Khalil émit enfin un gémissement sourd. Les jambes de Layla étaient encore enroulées autour de ses reins, et il n'osait pas esquisser un mouvement.

Au bout d'un moment, elle soupira en relevant la tête, et il déposa un baiser sur son front en murmurant :

— *Habiba*… Tu vas bien ?

— Mmm…

— Ça veut dire oui ?

— Mmm…

Il sourit et caressa une mèche blonde qui lui tombait sur l'épaule.

— Ne me regarde pas comme ça, chuchota-t-elle.

— Comme quoi ? Tu es si belle, *habiba*. Si belle…

C'était incroyable. Avait-il déjà de nouveau envie d'elle ? Son corps se tendait… Elle l'avait bel et bien ensorcelé.

— Non, répondit-elle tristement. Je suis une catastrophe ambulante.

— Tu es parfaite, rétorqua-t-il.

— Tu es un bon menteur. Il est vrai que les princes connaissent la diplomatie. Et tu as appris à convaincre ceux qui t'entourent d'un seul regard, prince Khalil.

Il sourit. Voulait-elle dire qu'il avait l'air effrayant ? Avec ses cheveux en bataille, c'était bien possible… Surtout qu'il n'était plus rasé de près. Il devait ressembler à un homme des cavernes.

En la serrant contre lui, il murmura :

— Je parviendrai à gagner ta confiance, *habiba*. Mais pour le moment, je veux savourer le bonheur de t'avoir retrouvée. Si tu savais combien je suis soulagé !

— Moi aussi, souffla-t-elle. Tu as été si bon pour moi ! Et je t'ai remercié en m'enfuyant.

— Chut, dit-il en posant son index sur ses lèvres. Je ne veux pas de ta gratitude. Dieu sait que je ne la mérite pas.

— Bien sûr que si ! Tu t'es compromis pour venir à mon secours, et je…

— N'y pense plus. Et ne pense plus à lui : Butrus est de l'histoire ancienne.

Elle poussa un profond soupir.

— Khalil… Que vas-tu faire ? Je ne connais rien à la politique, mais je sais qu'un homme comme Butrus n'acceptera pas facilement de perdre une *chose*… qu'il considérait déjà comme sa propriété.

— Il le faudra bien, pourtant. Je suis le prince, tu ne l'as pas oublié ?

Elle sourit.

— Oui. Un prince du genre modeste, en plus.

En lui rendant son sourire, il l'attira plus étroitement encore au creux de son épaule.

Cet instant était parfait. Layla était dans ses bras, et il aurait voulu que le temps s'arrête. Car l'avenir risquait de lui voler beaucoup trop vite cette parenthèse de pur plaisir.

Le soleil l'avait réveillé. Khalil allongea une main sur le matelas et le trouva vide… Se redressant vivement, il sentit une folle l'inquiétude le gagner : non… elle n'était pas partie ?

Pas après la nuit qu'ils venaient de vivre…

Ils avaient fait l'amour trois fois. Et vers minuit, ils avaient pique-niqué dans le lit en riant et en évoquant leurs films préférés.

— Layla ?

Se levant d'un bond, il enfila son jean et se rua hors de la chambre.

Une légère musique résonnait dans l'appartement, et l'odeur de café provenant de la cuisine lui caressa les narines.

Ce n'était pas Marianne, elle n'écoutait jamais la radio. A pas de loup, il traversa le couloir et ouvrit doucement la porte pour découvrir Layla simplement vêtue de l'un de ses T-shirts. Ses cuisses fuselées lui étaient entièrement révélées. Ses longs cheveux tombaient sur son dos, et elle ondulait en fredonnant une chanson de Norah Jones.

Une chaleur merveilleuse enveloppa son cœur. Quelle vision plus exquise un homme pouvait-il espérer à son réveil ?

Elle se tourna vers lui, un sourire radieux aux lèvres. Emu, il lui ouvrit ses bras, s'avança et attendit qu'elle vienne se jeter contre son torse.

— Bonjour, *habiba*.

— Bonjour, Khalil. J'ai préparé des pancakes. Un prince sait-il dresser une table de petit déjeuner ?

— Naturellement, répondit-il.

C'était un mensonge : il n'avait jamais fait ça de sa vie. De même qu'aucune femme ne lui avait jamais *ordonné* d'accomplir une tâche domestique ! Mais ce n'était pas déplaisant.

Ouvrant tous les placards, il sortit les tasses, les assiettes et les couverts. Tout en pliant les serviettes, il dut se rendre à l'évidence : il était heureux.

Bon, c'était un fait… Et alors ? Il lui était certainement déjà arrivé de se sentir dans cet état ? Ce n'était pas la première fois qu'il avait l'impression d'être aussi léger qu'un nuage, le cœur enveloppé d'une étrange émotion…

Chassant ces questions absurdes de ses pensées, il se mit à table et savoura le petit déjeuner de Layla : elle avait admirablement réussi les pancakes et préparé un café exactement à son goût — très fort.

De nouveau, il se surprit à s'interroger sur ses sentiments : était-ce vraiment *la première fois* qu'il était heureux de manger avec une femme en se levant le matin ?

— Quelque chose ne va pas, Khalil ?

— Au contraire, répondit-il d'une voix rauque. Tout va très bien. C'est parfait.

Parfait. Il n'y avait pas d'autre mot pour décrire ce qu'il ressentait. Mais...

— Layla, reprit-il, je t'ai promis une explication.

— Oui, murmura-t-elle en souriant et en plongeant un regard adorateur dans le sien.

— Au sujet de la suite... De cette demande en mariage...

Elle se leva et fit le tour de la table pour l'embrasser.

Et comme elle se pressait contre lui, comme il sentait sa poitrine se durcir, comme la fièvre montait en lui et que son érection devenait presque douloureuse, il renonça à parler.

Cela pouvait attendre.

Il aimait son parfum. Le goût de sa peau. Ses gestes sensuels, la manière dont elle s'abandonnait à ses caresses, sa douceur, sa féminité...

Avec un gémissement, il lui prit la main et l'entraîna hors de la pièce.

— Allons-y, murmura-t-il. Je veux être en toi, *habiba*. Maintenant...

Bon sang, il avait encore reculé. Elle le rendait fou de désir, et il y avait des heures qu'ils étaient dans cette chambre, à faire l'amour et à bavarder, alors qu'il s'était promis de tout lui révéler depuis la veille !

Le temps était pourtant venu de lui annoncer ce qui les attendait. Et puis, il devait appeler son père.

Comment Layla avait-elle accompli le prodige de lui faire perdre tous ses moyens ? Il adorait sentir la chaleur de son corps contre le sien...

Jusqu'à présent, il n'avait jamais accordé une nuit

entière à une femme. Il préférait se réveiller seul, ne pas affronter la vision des deux brosses à dents dans la salle de bains, celle de la trousse de maquillage posée près de son rasoir, ou encore celle d'un tas de vêtements masculins et féminins épars sur le sol…

Oui, jusqu'à présent.

— *Habiba ?*

— Oui ?

Elle était blottie contre lui, et caressait du bout des doigts la fine toison de ses pectoraux.

— Je veux te parler de mon plan. Pour que Butrus ne te réclame jamais plus…

Elle hocha la tête.

— J'ai compris. Tu vas m'acheter. Omar ne pourra pas s'y opposer, parce que tu es prince ; et tu vas donner de l'argent à Butrus pour qu'il renonce à moi.

— Je ne peux pas t'acheter, *habiba*… Tout l'or du monde n'y suffirait pas. Mais je peux lui offrir une fortune qui le fera taire un bon moment. Seulement… Layla, pour que ce plan fonctionne, il faut que tu acceptes de m'épouser. Que tu dises oui.

Elle hésita et leva vers lui un regard perdu :

— Je comprends. Mais… le mariage…

Il la pressa fiévreusement contre lui et l'embrassa.

Il était encore là, ce pincement au cœur. La douleur que Layla faisait naître en lui, par son refus, se réveillait. Quelle douleur ? Il ne s'agissait que de son ego ! Mais le moment était mal choisi pour lui annoncer que ce mariage ne serait jamais célébré.

Il fallait avant tout qu'elle accepte de jouer le jeu.

Oui, il le fallait, à tout prix.

— Layla, cette union est notre unique issue de secours. Dis oui.

Elle prit une profonde inspiration et se redressa.

— Oui.

10.

L'histoire de sa mère avait rendu Layla assez pessimiste sur les relations amoureuses. Les promenades main dans la main dans une ville romantique, ou les dîners au champagne s'achevant par des « pour toujours », ne lui évoquaient rien d'autre qu'une campagne de marketing orchestrée par un mystérieux gourou déterminé à rendre les hommes et les femmes malheureux.

Et pourtant…

Elle était en train de se préparer pour une soirée « très spéciale », selon les termes de Khalil. Elle avait revêtu la ravissante robe noire déstructurée acquise dans la boutique de l'île Saint-Louis, et portait maintenant la touche finale à son maquillage.

La journée avait été un enchantement. Ils avaient vogué sur la Seine en bateau-mouche, et Khalil avait insisté pour la conduire place Vendôme et lui offrir la fabuleuse rivière de diamants qui brillait à son cou.

Mais, demain, tout changerait. Khalil appellerait son père pour lui annoncer qu'ils se mariaient. Après quoi, ils rentreraient à Al Ankhara pour célébrer les noces.

Elle allait devenir l'épouse de Khalil. La femme d'un homme appelé à régner. Etait-elle prête ? Et de son côté, Khalil l'était-il ?

Elle connaissait la réponse à la première question. Désormais, elle pouvait le suivre au bout du monde. Il représentait tout ce dont une femme rêvait chez un homme. Il était beau, viril, imposant, protecteur, sensuel, attentionné…

L'idée de s'endormir chaque soir avec lui et de le trouver près d'elle au matin la grisait. Oui, elle le voulait, pour toujours…

En l'espace de quelques jours, elle était tombée éperdument amoureuse de lui.

Leur entente était idéale, dans tous les domaines : non seulement il lui avait ouvert des horizons insoupçonnés dans le plaisir charnel, non seulement leurs corps avaient trouvé l'accord parfait, mais leurs âmes étaient faites pour s'unir. Ils partageaient les mêmes goûts : il jouait au poker, et elle avait toujours adoré les échecs. Ils avaient suivi les mêmes séries télévisées, écoutaient la même musique pop et obéissaient aux mêmes principes moraux.

Khalil voulait ouvrir son peuple et son pays au monde moderne, et elle se sentait prête à soutenir dans cette tâche le futur souverain d'Al Ankhara.

Mais lui ?

Allant s'asseoir sur le rebord de la baignoire, Layla poussa un profond soupir. Certes, il tenait à elle. Il le lui avait démontré. Mais s'il l'épousait, c'était sous la contrainte, parce qu'il n'existait aucune autre solution pour les sortir de leur situation infernale.

Et puis, elle redoutait encore de subir les coutumes de son pays. Ne craignait-il pas aussi qu'elle s'adapte difficilement à l'étiquette royale ?

— Layla ? Tu es prête ?

Elle sursauta et ouvrit la porte en s'efforçant de ne rien trahir de ses doutes.

— Oui. J'ai été un peu longue, excuse-moi.

— Ma chérie… Qu'est-ce qui ne va pas ? s'enquit-il en plongeant son regard dans le sien et en l'attirant entre ses bras.

Seigneur, il lisait en elle comme à livre ouvert…

— Rien, assura-t-elle en l'embrassant. J'ai dû refaire mon chignon trois fois, et ça m'a un peu énervée… Mais tout va bien.

Elle l'aimait.

Oh, oui, elle l'aimait, de tout son cœur !

Elle n'avait plus peur de devenir sa femme. Et elle était prête à le lui prouver, chaque jour de leur vie.

Ce soir, elle était plus radieuse, plus splendide que jamais. Il était fier de la conduire dans le restaurant de la Tour Eiffel, fier de se promener au bras d'une femme sur laquelle chacun se retournait.

Et puis, il était heureux de lui faire cette surprise.

Ravi, il l'écouta pousser une exclamation de joie quand leur voiture les laissa au pied du monument. Puis, elle se jeta à son cou, comme ils empruntaient le petit ascenseur et que la baie vitrée du restaurant leur révélait un panorama somptueux sur la ville illuminée.

Bon sang, son cœur battait sur un rythme infernal quand elle souriait ainsi, et il aurait tout donné pour consacrer le reste de sa vie à la rendre heureuse.

Le reste de sa vie ?

L'énormité de cette pensée le déstabilisa, et il écouta distraitement le babil de sa compagne :

— Oh, mon Dieu, Khalil ! C'est magique !

— C'est vrai, cela te plaît ?

— Si ça me plaît ? C'est… Au-delà de ce que je pouvais imaginer ! C'est ce que j'ai vu de plus beau au monde !

— Non. Le plus beau joyau du monde, c'est toi, répondit-il, maîtrisant mal son émotion.

Le maître d'hôtel les conduisit à leur table : la meilleure, un peu à l'écart et bénéficiant d'une vue panoramique.

— Khalil… C'est trop, murmura-t-elle comme ils s'asseyaient et qu'il lui prenait la main.

Il lui adressa un long regard avant de sortir un écrin de sa poche. Les dés étaient jetés.

— C'est pour toi, *habiba*… J'espère que cela te plaira.

— Oh…

Durant une longue minute, elle demeura muette, fixant le solitaire et n'osant pas y toucher.

— Essaie-la, dit-il en sortant l'anneau de l'écrin pour le glisser à son annulaire.

Il lui allait parfaitement.

— Khalil… C'est une folie ! Je… Je ne sais pas quoi dire, balbutia-t-elle, les larmes aux yeux.

— J'ai choisi cette bague parce qu'elle est comme toi, *habiba*. Brillante. Merveilleuse. Parce que sa beauté est éternelle.

Elle prit une profonde inspiration et leva vers lui un regard empli de gratitude.

— Merci, Khalil. Merci pour ce bijou, et… Et pour tout ce que tu viens de dire.

Comme son magnifique regard bleu se baignait de larmes, Khalil serra de nouveau sa main et reprit doucement :

— Layla, je suis conscient que tu aurais préféré te

marier dans des circonstances bien différentes. Je veux dire... Tout cela manque un peu de romantisme, et... C'est si soudain. Tu me connais à peine. Mais... Je veux dire que...

Oui, que voulait-il dire, au juste ? Il n'en avait plus aucune idée. Il aurait voulu la rendre heureuse. Au lieu de quoi, elle le dévisageait, interloquée.

— Bon sang... Pardonne-moi d'être si confus, reprit-il en soupirant. Ce que j'essaie de te faire comprendre, c'est que si notre histoire n'a pas débuté comme un conte de fées, je veux tout faire pour t'offrir le bonheur que tu mérites. J'en fais le serment.

Gêné par le flot d'émotions contradictoires qui l'étranglait, il se pencha au-dessus de la table pour l'embrasser. Oubliant tout ce qui lui avait été enseigné depuis l'enfance, ignorant tous les regards tournés vers eux...

Son sang s'était mis à bouillir dans ses veines.

Lui, le cheikh appelé à siéger sur le trône d'Al Ankhara, il se laissait aller à ce genre d'élan démonstratif en public !

Deux heures plus tard, il se surprit à adopter le même comportement condamné par l'étiquette de son pays, en déambulant avec Layla dans les rues de Paris, s'arrêtant sans cesse pour l'embrasser sous le clair de lune.

Il devait avoir perdu la tête...

Mais ce moment de pure démence allait prendre fin. Dès qu'ils rentreraient dans son pays, il se plierait aux règles de convenance en vigueur et cesserait de se comporter comme un adolescent amoureux.

Car il n'en était pas un !

***

Layla était près de lui quand il téléphona à son père, le lendemain. Naturellement la conversation commença par des cris et des vindictes rageuses…

Le sultan était furieux. Mais Khalil s'y était préparé.

— Comment as-tu osé me faire un tel affront ? accusa son père d'une voix chevrotante, avant de répéter à son fils qu'il était profondément déçu par cette trahison et que Khalil jetait le déshonneur sur leur famille.

Patiemment, Khalil laissa le vieil homme vider son sac avant d'intervenir avec calme :

— Je ne puis nier que je vous ai désobéi, père. Et je suis très peiné de vous avoir causé cette déception. Mais je n'ai pas terni notre lignage, et je…

— Oh, si ! rétorqua vivement le sultan. Tu t'es d'abord déshonoré toi-même, et tu as gravement offensé Butrus ! Omar s'était engagé à lui donner sa fille !

— Omar lui a *vendu* sa fille, père ! opposa Khalil. C'est la vérité, et vous le savez. De plus, il l'abandonnait aux griffes d'une brute notoire !

— Et la paix pour notre peuple, qu'en fais-tu ? tonna le vieil homme. Cette union aurait apaisé toutes les tensions à la frontière nord !

— Pensez-vous qu'il s'agisse d'une négociation acceptable et que nous ayons le droit d'ôter toute dignité à un être humain pour une victoire politique ?

Pour la première fois depuis le début de leur conversation, son père demeura silencieux un instant. Khalil savait qu'il avait visé juste.

— Butrus est un personnage sans scrupule, enchaîna-t-il. Je lui offrirai de l'or. Beaucoup d'or. Et je lui ferai comprendre qu'il n'a pas les moyens de refuser une offre aussi généreuse : après tout, il est hors-la-loi,

et malgré son influence, nous pourrions l'emprisonner pour le reste de ses jours. Père, nous ne devons pas laisser Butrus l'emporter dans ce rapport de force, et il est essentiel qu'il comprenne que si nous sommes disposés à faire des efforts, il ne peut pas mener le jeu de bout en bout.

Une nouvelle fois, un long silence courut sur la ligne.

— Tu as changé, dit enfin le sultan. Est-ce à cause de cette femme ?

Khalil jeta un coup d'œil en biais vers Layla.

— Elle est… C'est une femme remarquable, père.

— Et tu veux l'épouser.

— Oui.

Son père soupira.

— Très bien. Tu as peut-être raison. L'honneur d'un homme est si fragile… Tu ne peux pas donner à Butrus la femme que tu veux faire tienne, c'est vrai. Mais je regrette que tu n'en aies pas discuté avec moi avant de disparaître.

— Si je l'avais fait, répliqua-t-il, il aurait également fallu que j'annonce mes intentions à Jal.

— Jal n'a que les intérêts de notre nation à cœur.

— Et pas moi ?

— Tu sais bien que ce n'est pas ce que je voulais dire… Khalil, le moment est mal choisi pour nous quereller au sujet de Jal. Rentre au royaume. Il est temps que tu te confrontes à Butrus et Omar. Ainsi qu'au Conseil.

— Certes… Mais accepterez-vous que Layla devienne ma femme ? insista-t-il, méfiant.

— Khalil… Je l'accueillerai comme ma fille. Et tout Al Ankhara m'imitera.

***

Ils quittèrent Paris le soir même, dans le jet personnel de Khalil.

Recroquevillée dans son fauteuil, Layla tremblait de peur. Cela ne fonctionnerait jamais… Elle se lançait dans l'inconnu, et l'idée de se trouver face à Omar ou à Butrus la plongeait dans un état de pure panique.

— Layla ?

Elle leva la tête. Khalil revenait de la cabine de pilotage et cherchait à lui prendre la main en s'installant près d'elle.

— A quoi penses-tu, chérie ? s'enquit-il.

Craignant qu'il ne devine ses pensées, elle détourna les yeux.

— N'aie pas peur de te confier, *habiba*, reprit-il, d'un ton encourageant. Si tu veux me dire ce que tu penses au fond de ton cœur, je te promets de faire de même, *na'am* ?

Elle soupira. Il avait raison. Pour que leur mariage soit heureux, ils devaient s'accorder une confiance mutuelle pleine et entière.

— Je pensais que…

Elle toussota et poursuivit :

— Khalil, à quoi dois-je m'attendre ? Que fait une princesse, dans ton pays ? Tu te souviens que ma mère était serveuse… J'ai exercé le même métier, pour payer mes études. Je ne sais pas comment assumer le rôle d'épouse d'un souverain.

— Que crains-tu, *habiba* ? Mon père ? Tu as peur de le décevoir ? Ou bien est-ce le mariage lui-même, qui te terrifie ? C'est vrai, je ne peux pas te mentir, ta vie va changer.

— Non, je n'ai pas peur de décevoir ton père, répondit-elle doucement. Mais toi, oui… Je ne veux pas courir ce risque. J'en mourrais, Khalil, parce que… parce que…

Oh, Seigneur, comment allait-elle sortir de l'impasse dans laquelle elle venait de s'enfermer ?

— Parce que quoi ?

« Parce que je t'aime », pensa-t-elle. Mais elle n'avait pas le droit de le lui avouer. Il avait sacrifié tant de choses, pour elle… Il allait épouser une femme qu'il n'avait pas choisie. Elle n'allait tout de même lui infliger ce fardeau supplémentaire !

— Parce que je ne veux pas te rendre la situation plus difficile qu'elle ne l'est déjà, dit-elle enfin.

Khalil passa son bras autour d'elle et l'attira contre lui.

— Rien n'est difficile, tant que tu es auprès de moi, affirma-t-il.

Elle frémit. Il plongeait son intense regard dans le sien, et une myriade de frissons montait en elle.

Khalil se pencha pour embrasser la jeune femme avec passion. Bon sang, il la désirait si fort… Et il fallait qu'il lui fasse l'amour, maintenant.

Prenant sa main dans la sienne, il la conduisit vers le salon privé situé au fond de l'appareil, et dont la porte fermait à clé.

Là, il la dévêtit lentement.

Sa beauté lui paraissait plus éclatante de jour en jour.

Comment aurait-il pu se lasser d'embrasser et de caresser cette femme au corps divin ? Comment aurait-il pu contenir les émotions violentes qui l'atteignaient

jusqu'au plus profond de son âme, dès qu'elle levait ce regard bleu vers lui ?

Et alors, il comprit.

Il l'aimait.

Il aimait comme un fou la femme qu'il s'était engagé à épouser.

11.

Sur la terrasse dominant la mer bleu turquoise, Layla fermait les yeux pour mieux savourer la caresse du soleil sur son front.

Il y avait trois jours qu'elle était revenue à Al Ankhara. Trois jours qu'elle était confrontée à la réalité de sa nouvelle vie…

Paris, ses rues et ses promenades romantiques étaient déjà loin. De même que ces instants où Khalil et elle pouvaient se consacrer à leur passion, oubliant le reste du monde. Ici, tout était différent. Khalil était le prince appelé à régner sur ce royaume… Et elle était sa fiancée.

C'était difficile à croire, même si elle se le répétait depuis l'atterrissage.

Dans la cour du palais, Hassan les avait accueillis avec une déférence qui l'avait stupéfaite. Il l'avait appelée « Princesse » ! D'ailleurs, chaque valet, chaque femme de chambre, chaque garde s'inclinait sur son passage et lui donnait du « Princesse »…

Quand Khalil lui avait fait visiter sa suite, elle avait eu l'impression de redécouvrir Al Ankhara sous un jour nouveau. Ici, au palais, elle était bien au cœur des *Mille et Une Nuits*. C'était merveilleux… Et en même temps terrifiant. Il lui faudrait encore un peu de temps pour

apprendre à aimer ces lieux et à s'y sentir chez elle. Mais sa passion pour l'archéologie l'aidait à se familiariser avec chaque pièce de ce somptueux édifice, qui n'avait plus rien d'une prison.

En se promenant dans les rues de la ville, elle avait pu observer que les gens saluaient Khalil avec respect, mais sans s'incliner devant lui — comme ses servantes et l'infâme Ahmet, qui étaient tombés à ses pieds. En fait, le peuple d'Al Ankhara semblait particulièrement heureux : le pays était riche et le travail ne manquait pas. Elle s'était étonnée de croiser tant de femmes en tailleurs et escarpins, et Khalil lui avait expliqué que sa nation évoluait très vite pour s'adapter au monde contemporain. Il avait cependant l'intention d'accélérer ce mouvement et de faire en sorte que le palais imite le reste du pays. L'étiquette contraignait encore la domesticité à adopter une posture humiliante vis-à-vis de la famille régnante et du Conseil, mais il n'avait jamais supporté cette situation.

— Grâce à toi, mon pays changera pour que chacun se sente libre et se tourne vers l'avenir, avait-il ajouté. Car je me sens capable du meilleur, si tu es à mes côtés…

Pourtant, au bout de trois jours, leurs problèmes n'étaient pas résolus.

Layla devait encore être présentée au sultan et au Conseil. Allaient-ils l'accepter ? Tiendraient-ils rigueur à Khalil de l'incident diplomatique qu'il avait créé ?

Cette perspective la rendait malade : elle aurait tant voulu que tout soit parfait ! A chaque jour qui passait, elle aimait davantage Khalil… Et elle ne pouvait pas le lui révéler : il se trouverait alors face à une femme à qui il ne pouvait pas rendre cet amour, et elle redoutait de lire l'angoisse dans son regard…

De toute façon, ils s'étaient très peu vus, depuis leur retour.

Il avait rencontré Butrus, puis Omar. Il avait subi le feu d'invectives du Conseil et de tous les ministres du sultan. Oui, il avait beaucoup à faire…

Grâce à Hassan, elle avait appris tous les détails de ces négociations… Très vite, elle s'était prise d'amitié pour ce vieil homme plein de sagesse.

— Mon maître a menacé Butrus de lever une armée contre lui s'il compromettait encore la paix à la frontière, lui avait expliqué Hassan. Et il lui a offert quatre fois votre poids en or en guise de dédommagement.

— Et Omar ? avait-elle demandé.

Une expression impassible s'était dessinée sur les traits d'Hassan.

— La dernière fois que je l'ai vu, il se traînait aux pieds de mon maître et le suppliait de ne pas l'emprisonner pour complicité d'esclavage. Les responsables de l'organisation qui lui avaient vendu votre mère ont été appréhendés il y a une dizaine d'années : ils purgent une lourde peine, de même que ceux qui ont profité de cet odieux commerce… Mais Omar est parvenu à passer entre les mailles du filet, et mon maître l'a condamné à verser de très fortes sommes pour dédommager les victimes et leurs familles… Vous comptez beaucoup pour le cheikh, princesse.

Beaucoup… Sans doute. Mais il ne l'aimait pas.

Layla soupira en humant la brise parfumée.

Khalil appréciait sa compagnie, elle le savait. En sa présence, il semblait toujours détendu, et même heureux. La nuit précédente, il avait ouvert la porte communiquant entre leurs deux chambres pour venir l'embrasser tendrement…

Ce seul souvenir lui faisait follement battre le cœur.

Et pourtant, pourtant… Il n'y aurait jamais de « Je t'aime » prononcé entre eux. Seulement ce mariage imposé par une situation extraordinaire.

— *Habiba*…

Elle se retourna vivement : il était là !

— Khalil ! Je pensais que tu ne me rejoindrais pas avant plusieurs heures…

— C'est vrai, dit-il en la dévisageant avec gravité, mais le Conseil veut te voir.

Aussitôt, elle se sentit parcourue d'un frisson glacé. Le grand moment était venu.

— Et… Faut-il interpréter cette entrevue comme un bon signe ? demanda-t-elle d'une voix tremblante.

Il sourit.

— Oui. Ils t'ont déjà acceptée comme ma future femme.

— Oh !

Une vague de soulagement la submergea.

— Et ce soir, enchaîna-t-il, nous dînerons avec mon père.

Seigneur, enfin… Elle s'était tant inquiétée au sujet de ces premières rencontres protocolaires !

— Layla, ajouta-t-il en s'asseyant près d'elle, tu peux oublier Butrus et ton père. Tout est réglé. Ce cauchemar est derrière toi, *habiba*.

— Oui, Hassan me l'a dit, confia-t-elle. Mais il me faut encore faire mes preuves auprès de ton père et du Conseil. T'ont-ils pardonné ? Jugeront-ils que je suis digne d'Al Ankhara ?

— Tu es digne de moi, *habiba*, conclut-il. Alors cesse de t'inquiéter, et va te préparer.

***

Les ministres les attendaient dans l'immense salle du Conseil. Layla frémit au souvenir de sa première entrée dans cette pièce : elle avait dû se taire, sur l'ordre de Khalil, sans savoir ce qui allait lui arriver. Alors, personne ne lui avait accordé le moindre intérêt, bien qu'elle fût au centre des délibérations.

Aujourd'hui, l'attitude de tous les hommes qui la fixaient était bien différente : ils s'inclinaient avec respect, tandis qu'elle venait se présenter devant eux, non dans une robe de harem, mais dans un costume de lin gris clair.

Le dénommé Jal vint vers elle et la conduisit dans son cabinet pour lui exprimer en privé ses plus vifs regrets « au sujet des désagréments qu'elle avait rencontrés à son arrivée dans le pays ». Néanmoins, elle n'était pas stupide : son regard reflétait la désapprobation.

Dans la grande salle attenante, tous les autres partageaient-ils son sentiment ? Feraient-ils semblant d'accepter le choix de Khalil uniquement parce qu'il était appelé à devenir sultan et qu'ils devaient s'incliner devant ces décisions ?

— Princesse, reprit Jal en esquissant une révérence. J'ai appris que vous avez étudié la psychologie et l'archéologie ?

Décontenancée, Layla sourit. Elle ne savait comment interpréter cette soudaine affabilité.

— En effet, admit-elle timidement.

— Dans ce cas, venez avec moi… Je suis sûr que vous allez apprécier l'histoire de la bibliothèque que je veux vous faire visiter. Je serais flatté d'avoir le privilège de vous décrire ses ornements exceptionnels.

Elle jeta un regard hésitant derrière elle, mais comment se dérober ? Même si Jal ne lui inspirait guère confiance, elle devait le suivre.

— Volontiers, souffla-t-elle en lui emboîtant le pas.

Ils traversèrent un couloir couvert d'un épais tapis carmin avant que Jal ne pousse les doubles portes d'une grande pièce dont le plafond en voûte était chargé de fresques.

Puis, il lui montra une sculpture de jade et le portrait d'un éminent poète. Lorsqu'il s'arrêta devant un coffre posé sur l'une des bibliothèques, il se tourna vers elle pour lui sourire et demanda :

— Vous le voyez, princesse ?

Layla balaya toutes les étagères du regard. Entre les livres anciens, quelques gravures encadrées représentaient la mer ou le désert.

— Que suis-je censée voir, exactement ?

— L'avenir, répondit Jal d'une voix vibrante.

Perplexe, elle le dévisagea.

— L'avenir du prince, pour être précis, enchaîna-t-il. Si vous voulez qu'il vive, faites ce que je vous dirai.

Layla aurait voulu répliquer, mais elle était incapable d'articuler un son. « Si vous voulez qu'il vive »... Le sourire de Jal était plus rayonnant que jamais : même si un garde passait devant la porte, il ne devinerait jamais ses menaces.

— Vous pouvez le convaincre d'interrompre cette folie avant qu'il ne soit trop tard. Vous comprenez, mademoiselle Adison ?

Il fallait qu'elle réponde. Maintenant. Mais sa bouche semblait scellée de plomb...

— Je connais Khalil depuis qu'il est enfant, made-

moiselle Adison, reprit-il. Il sait qu'un mariage avec une Américaine serait fatal au rayonnement d'Al Ankhara. Si vous tenez à lui, vous ne le laisserez pas détruire ce qui lui est le plus cher : les traditions centenaires du royaume. A moins que vous ne vouliez voir le sang répandu par votre faute…

Retrouvant son sang-froid, Layla serra les poings et murmura :

— Avez-vous perdu l'esprit, pour me tenir un tel discours ? Si je le répète au prince, il vous…

— Mais vous n'en ferez rien, coupa Jal, car ce serait signer son arrêt de mort et le vôtre.

A ces mots, elle crut que son cœur cessait de battre. Elle n'avait plus la force de soutenir le regard de Jal, ni d'affronter ce sourire effrayant… Un voile noir lui brouilla la vue.

Puis, elle chancela.

— Que se passe-t-il, ici ? tonna Khalil en entrant dans la pièce, au moment où elle s'effondrait sur le tapis.

Elle sentit bientôt ses bras puissants l'enlacer et la soutenir.

— Je n'en sais rien, mon seigneur, répondit Jal d'un ton où perçait l'inquiétude. Elle s'est soudain évanouie. Elle n'est peut-être pas accoutumée à la chaleur…

— Layla ? demanda doucement Khalil.

— Oui, fit-elle en battant des cils et en ignorant la bouffée brûlante qui gagnait son front. Je me suis sentie un peu faible, mais ça va mieux.

— Elle a certainement besoin d'un verre d'eau, reprit Jal.

Khalil lui décocha un regard noir :

— Je sais mieux que quiconque ce dont elle a besoin, répliqua-t-il en la soulevant dans ses bras.

Layla cala sa tête au creux de l'épaule de Khalil, tandis qu'il la ramenait dans leurs appartements. Son cœur battait à se rompre, et l'écho de la voix de Jal la poursuivait.

Un prince d'Al Ankhara ne devait pas porter ainsi une femme dans le palais, elle en était consciente…

Et les menaces de Jal étaient bien réelles.

— T'a-t-il dit quelque chose qui t'a bouleversée ? s'enquit Khalil, méfiant, dès qu'ils furent seuls et qu'il l'eut déposée sur son lit.

— Non, non… Bien sûr que non.

— *Habiba*, si c'est le cas, il faut me le dire, insista-t-il. C'est un homme de l'ancien temps. Et il ne m'a jamais inspiré confiance.

C'était le moment. Elle pouvait tout lui révéler, *maintenant*…

Mais il plongeait son regard magnétique dans le sien, et elle ne songeait qu'à une chose : elle aimait cet homme de toute son âme.

Jamais elle ne permettrait qu'il soit menacé.

Et puisqu'elle était la cause de la rébellion de Jal, c'était à elle de régler cette histoire.

Main dans la main, Khalil et elle traversèrent le palais pour se rendre dans les appartements du sultan. Dans son costume noir et sa chemise claire, Khalil était d'une beauté à couper le souffle. Sur son conseil, elle avait revêtu la longue robe de soie multicolore acquise à Paris, et portait ses escarpins à talons aiguilles.

Le sultan les accueillit en personne, dans un uniforme de cérémonie recouvert de médailles qui cliquetaient sur sa poitrine, chaque fois qu'il esquissait un mouvement.

Layla devina que le père de Khalil avait été un très bel homme, dans sa jeunesse. Il était moins grand et imposant que son fils, mais la même fierté illuminait son regard perçant, et son port de tête altier avait la noblesse des lions.

— Mademoiselle Adison, déclara-t-il en lui baisant la main, soyez la bienvenue à Al Ankhara.

— Votre Altesse… C'est un honneur de vous rencontrer.

— Allons, Layla, nous nous étions déjà croisés, protesta-t-il en lui adressant un sourire chaleureux. Mais j'espère que vous pourrez oublier le passé. Ce soir, nous repartons de zéro, voulez-vous ?

Rassérénée, Layla acquiesça et suivit Khalil et le sultan vers la grande table dressée à leur intention dans une somptueuse salle à manger.

Puis, des serviteurs vinrent déposer devant eux une multitude de plats d'argent couverts de cloches.

Assise à la droite du sultan, Layla se laissait servir les mets les plus appétissants : des tajines, des viandes farcies, du caviar d'aubergine et des légumes marinés…

Hélas, son estomac était noué, et elle ne parvenait pas à oublier les paroles de Jal.

— Les spécialités locales sont-elles à votre goût, mon enfant ? s'enquit le sultan.

— C'est délicieux, Votre Altesse. Mais… Pardonnez-moi, je n'ai pas très faim.

— Hum. Vous êtes habituée à d'autres plats, à New York… C'est une ville passionnante. J'y séjourne de temps à autre, et je ne m'en lasse pas. C'est si différent d'Al Ankhara…

— Al Ankhara possède ses propres charmes, répliqua-t-elle en souriant.

Le sultan sourit.

— On pourrait penser que vous avez étudié la diplomatie, et non l'archéologie… Mais mon fils m'a dit que vous aviez également suivi des cours de psychologie ?

— En effet, oui.

— Tout cela ne sera pas perdu, ma chère, enchaîna-t-il. Vous ne travaillerez pas, mais de solides connaissances dans les disciplines que vous avez choisies vous seront utiles lors des dîners, ainsi qu'au sein de votre propre famille. De plus, les épouses de chefs d'Etat s'occupent souvent d'œuvres de charité ou de fondations, et vous aurez tout loisir de mettre à profit vos talents dans…

Layla acquiesçait distraitement. Elle ne parvenait plus à se concentrer sur cette conversation. Pourtant, le sultan était en train de lui offrir la possibilité de ne pas rester dans l'ombre de Khalil durant son règne, et de s'investir dans une vie professionnelle riche et ambitieuse…

C'était tout ce dont elle rêvait.

Sauf que la vie de l'homme qu'elle aimait était en danger, et qu'elle ne savait comment dénoncer un premier ministre respecté par le sultan sans mettre en jeu sa position encore fragile…

Devait-elle s'effacer ? Renoncer à épouser Khalil ?

— *Habiba ?*

— Oui ? dit-elle en s'extirpant péniblement de ses réflexions.

— Tu es bien pâle… Tout va bien ?

— Oui, bien sûr, affirma-t-elle, soutenant le regard inquisiteur de son compagnon.

— Layla s'est évanouie, cet après-midi, expliqua Khalil en se tournant vers son père.

— Vraiment ? s'enquit le sultan, visiblement inquiet.

— Ce n'était qu'une légère fatigue, assura-t-elle en rougissant. Et c'est passé tout de suite. Je me sens parfaitement…

— *Habiba*, la coupa Khalil en se penchant vers elle, je crois qu'il vaudrait mieux que tu ailles te reposer maintenant. De toute façon, je dois m'entretenir avec mon père. Mais je ne serai pas long, et je te rejoindrai très vite.

— Oui, ma chère, renchérit le sultan, vous êtes épuisée par toutes ces émotions, et je me sens coupable de vous avoir fait veiller si tard.

Sur ces mots, il se leva et alla baiser la main de Layla.

— Passez une bonne nuit et reposez-vous, recommanda-t-il encore. Je ne veux pas voir les beaux yeux de ma belle-fille cernés, demain matin, quand nous prendrons le petit déjeuner sur ma terrasse.

— Merci, Votre Altesse, répondit-elle en s'inclinant respectueusement devant lui.

Puis elle sortit, cherchant l'un des gardes qui devait l'escorter jusqu'à ses appartements. Mais la grande antichambre attenante à la salle à manger était déserte. Que faire ? Khalil lui avait expliqué que les membres de la famille royale ne devaient pas circuler dans le palais sans escorte. Elle s'apprêtait à frapper à la porte de la salle à manger pour rappeler Khalil quand quelques bribes de conversations éveillèrent son attention :

— … une grave erreur, Khalil ! s'exclamait vivement le sultan.

— Je me contente de faire ce qui doit être fait, père.

— C'est une grave entorse aux conventions en vigueur ici !

— Je me fiche des conventions ! J'agis en homme responsable, répliqua Khalil.

— Non ! Tu es le prince de la couronne, et franchir une telle étape…

— Je te l'ai dit : je n'ai pas le choix.

Un bref silence pesa, tandis qu'elle attendait la suite, le cœur battant.

Puis, le sultan reprit :

— Très bien. Mais réponds-moi, Khalil : s'il existait une autre solution, t'obstinerais-tu dans cette voie ?

Layla ferma les yeux. C'était le moment de vérité. Mais un nouveau silence se fit de l'autre côté de la porte, et elle entendit Khalil soupirer avant d'admettre :

— Non. Bien sûr que non.

La douleur qui la déchira était si intense qu'elle recula comme un animal touché en plein cœur par une flèche empoisonnée.

C'en était trop. Les larmes brûlantes roulaient sur ses joues. Elle se précipita hors de la pièce pour rejoindre sa chambre, se jeter sur son lit et enfouir son visage dans l'oreiller.

Seigneur, comment avait-elle pu être aussi idiote ?

Oh, elle avait toujours su que la proposition de Khalil n'était pas fondée sur l'amour ! Il ne lui avait pas caché que leur situation *exigeait* ce mariage !

Mais elle s'était tout de même voilé la face. Il s'engageait dans cette union à contrecœur, *uniquement* sous la contrainte.

Risquant ainsi sa vie, sans même le savoir…

Il n'y avait plus à hésiter. Elle pouvait sauver l'homme qu'elle aimait.

L'homme qu'elle aimait de toute son âme, et qui ne l'aimait pas.

12.

Elle avait écrit et récrit ce message dix fois. A travers les larmes qui lui brouillaient la vue, elle relut la version finale, la jugea satisfaisante et posa son stylo.

« Khalil,

» J'ai bien réfléchi. Nous ne pouvons pas nous engager dans ce mariage. J'ai réalisé ce soir que je ne pourrais jamais m'adapter à la culture de ton pays. J'ai besoin d'être libre et de suivre ma propre voie.

» Je ne souhaite plus devenir ta femme. »

Oui, il pourrait croire à ces mots-là…

Et de toute façon, peu importait qu'il soit convaincu ou non.

La question du sultan et la réponse terrible que Khalil avait donnée résonnaient encore douloureusement dans sa tête.

— Princesse ?

Elle sursauta vivement, essuya ses larmes et se retourna pour découvrir Hassan sur le seuil de sa porte.

— Pardonnez-moi de vous déranger, mais je m'apprêtais à rentrer… Désirez-vous quelque chose, princesse ? Un thé ou une infusion, peut-être ?

Layla prit une profonde inspiration.

— Euh, non, rien de la sorte, mais… Hassan, il faut que je rentre chez moi. Aux Etats-Unis.

Visiblement surpris, le vieil homme hésita un instant avant de répondre :

— C'est que… Mon seigneur est le seul à pouvoir vous aider, sur ce sujet.

— Non, il ne le peut pas, répondit-elle d'une voix altérée par l'émotion, tout en secouant la tête. Il ne doit pas savoir que je quitte le palais.

Hassan blêmit.

— Mais… Vous allez l'épouser !

— Non. Hassan… Je vous en prie, essayez de comprendre. Je l'aime. Et c'est aussi pour cette raison que je ne peux pas l'épouser.

— Je ne comprends pas, princesse. Si vous l'aimez…

— Hassan, coupa-t-elle, si *vous* l'aimez, vous devez m'aider et ne parler à personne de mon départ.

Quelques secondes s'égrenèrent. Le vieil homme la fixait, plongeant son regard doux et patient dans le sien.

— Très bien, murmura-t-il enfin. Je le ferai.

Dans le terminal désert, Layla se retourna vers Hassan et lui serra chaleureusement les deux mains.

— *Shukran*. Merci.

— Dieu veille sur vous, princesse, répondit-il.

A travers ses larmes, elle regarda le vieil homme disparaître vers la sortie pour regagner le palais.

Il avait été merveilleux. Après lui avoir donné l'argent nécessaire à l'achat de son billet, ainsi que le passeport qu'Omar avait rendu à Khalil, il avait insisté pour lui

confier un petit sac contenant des sandwichs, des pâtisseries au miel et une Thermos de thé à la menthe…

Jamais elle n'oublierait cet homme. Il lui manquerait. Déjà, il était devenu son ami.

Mais il ne fallait plus penser à la vie qu'elle *aurait pu* connaître à Al Ankhara, se répéta-t-elle en essuyant ses yeux baignés de larmes. La vie qu'elle venait tout juste de commencer à bâtir…

Il était tard. Seuls quelques voyageurs attendaient un vol, assoupis dans les fauteuils de la petite salle.

Quand donc annoncerait-on l'embarquement ?

Elle fit quelques pas, et sentit soudain un courant d'air glacial dans son dos, tandis que les grandes portes d'entrée du terminal s'ouvraient.

Seigneur…

Elle n'avait pas besoin de se retourner pour connaître l'identité de l'homme qui se dirigeait droit sur elle.

— Khalil, protesta-t-elle, je t'ai laissé un message, et…

— Oui, je l'ai lu ! tonna-t-il en lui décochant un regard furieux. Mais je ne suis pas du tout convaincu ! Et ce que je veux entendre, c'est la vérité !

— *C'est* la vérité ! se défendit-elle. Je regrette seulement qu'il m'ait fallu si longtemps pour…

— Non, essaie autre chose, la coupa-t-il.

Tremblante, elle leva les yeux vers lui. Il affichait l'une de ses expressions aptes à terrifier Butrus ou Omar… Et elle n'en était pas étonnée. Jamais aucune femme n'avait dû oser le repousser, et son orgueil comme sa fierté virile en étaient blessés.

Ses jambes chancelaient, et elle luttait contre le désir violent de se jeter dans ses bras et de lui crier qu'elle l'aimait…

— Tout cela est ridicule. Tu ne peux pas partir d'ici ! reprit-il en fronçant les sourcils.

— Si. J'ai un billet et mon passeport.

— Où l'as-tu trouvé ? demanda-t-il en baissant les yeux sur le petit livret bleu qui dépassait de son sac. Je voulais justement te le rendre, et…

Poussant un profond soupir, il leva les yeux au ciel avant de la toiser avec sévérité.

— Pourquoi ? reprit-il.

Elle se mordit la lèvre. Tant pis. Elle allait lui répondre.

— Du sexe, répondit-elle.

— Quoi ?

— C'est tout ce que vaut notre relation, à tes yeux, expliqua-t-elle. Pour toi, ce n'est que du sexe.

— Il me faudrait moins d'une minute pour te prouver à quel point tu as tort.

— Oh, je t'en prie, Khalil…

— *Pourquoi* t'enfuis-tu ? répéta-t-il.

— Je ne m'enfuis pas, je m'en vais, c'est tout. Je ne veux pas vivre avec un… avec un…

— Avec un homme qui t'aime ? suggéra-t-il.

A ces mots, elle sentit tout son sang refluer de son visage.

— Je t'aime, enchaîna-t-il en plongeant son regard dans le sien. Et tu m'aimes aussi.

— Non.

— Ce n'est pas ce que m'a dit Hassan.

Désarçonnée, elle ouvrit la bouche pour répondre, mais ne sut que dire. Chaque mot qu'elle prononcerait sonnerait faux…

— Il m'a affirmé que tu m'aimais, reprit-il. Il m'a

également révélé que tu voulais que cela reste secret. Alors ? J'attends ta réponse, Layla. Est-ce exact ?

Elle le fixait sans pouvoir émettre un son.

— Tu m'aimes, répéta-t-il dans un souffle. Et je t'aime, Layla.

Oh, seigneur, elle voulait tant le croire ! Mais ce n'était pas le moment de se laisser griser par les jolis discours de Khalil…

— Tu mens ! reprit-elle en pointant vers lui un index accusateur et en reculant d'un pas. Je t'ai entendu. La conversation que tu as tenue avec ton père, ce soir… Tu as dit que « tu ne l'aurais jamais fait », si tu n'y avais pas été obligé. Ose dire que ce n'est pas vrai !

A sa grande surprise, il haussa les épaules et acquiesça d'un hochement de tête.

— Oui, c'est vrai.

La manière dont il prononçait ces mots remuait la lame dans son cœur… Avait-il seulement conscience de la souffrance qu'il lui infligeait, en cet instant ?

Désespérée, elle balbutia entre ses sanglots :

— Tu vois… Tu vois…

— Layla, nous parlions de Jal ! plaida-t-il en levant les bras au ciel. Mon père pensait que j'allais trop loin en…

— Khalil, tu es en danger ! coupa-t-elle en relevant les yeux vers lui. Jal te tuera, si tu m'épouses !

— Si je t'épouse ? répéta-t-il, visiblement interloqué.

— C'est ce qu'il m'a dit cet après-midi, confirma-t-elle. Et il a ajouté que si je tenais à toi, je devais disparaître.

Khalil l'attira brutalement dans ses bras pour couvrir son front de baisers.

Composé et édité par les
éditions Harlequin
Achevé d'imprimer en juillet 2009

CPI
Bussière

à Saint-Amand-Montrond (Cher)
Dépôt légal : août 2009
N° d'imprimeur : 90799 — N° d'éditeur : 14441

Imprimé en France

[illegible]

[illegible]

[illegible]

[illegible]

[illegible] Maryland [illegible]

[illegible]

[illegible]

[illegible]

[illegible]

Best-Sellers n°389 • thriller

Le tueur d'anges - Erica Spindler

Il y a cinq ans, trois meurtres de petites filles ont semé la panique à Rockford, Illinois. Kitt Lundgren, chargée de l'enquête, a fait de la traque du tueur une obsession — mais elle a laissé le coupable lui échapper. Sa vie en a été marquée à jamais. Et voilà qu'après cinq ans de silence, le tueur d'anges recommence à frapper. Cette fois, Kitt est décidée à le retrouver, mais l'enquête est confiée à l'inspecteur Riggio, une jeune femme ambitieuse qui ne pardonne pas à Kitt ses erreurs du passé…

Best-Sellers n°390 • roman

Un été au Maryland - Nora Roberts

A Antietam, dans le Maryland, un été va bouleverser à jamais l'existence de plusieurs êtres meurtris par la vie. Cassie Connor se sent en effet revivre. Elle qui a subi des années durant les violences de son mari n'a-t-elle pas trouvé enfin le courage de porter plainte contre lui ? A présent que Joe est en prison, elle savoure sa liberté toute neuve. Et accepte d'être courtisée par Devin MacKade, l'un des célibataires les plus en vue de la région. Mais on ne se libère pas si facilement du passé…

Best-Sellers n°391 • roman

Le passé meurtri - Karen Young

Ecrivain reconnu, Elizabeth Walker s'efforce d'oublier les drames qui ont jalonné sa vie : la mort tragique de ses parents, la perte de ses deux petites sœurs, qu'elle n'a jamais revues depuis leur adoption, et son enfance à elle, ballottée au gré des familles d'accueil. Elle vit en solitaire jusqu'au jour où sa meilleure amie Gina se voit menacée de perdre la garde de sa fille. Cette fois, Elizabeth se battra. Pour Gina. Pour la petite Jesse, sa filleule adorée. Et pour se donner enfin une chance de prendre son destin en main.

Best-Sellers n°385 • thriller

Tu tueras pour moi - Andrea Ellison

Dix jeunes femmes au teint d'albâtre et aux cheveux de jais, aux lèvres maquillées de rouge sang...Une série de crimes qu'à Nashville, personne n'a oubliés. Vingt ans plus tard, la ville est de nouveau plongée dans la peur tandis que quatre nouvelles victimes sont découvertes, tuées selon le même rituel. Mais pour les enquêteurs, pas de doute : ces crimes portent la signature sanglante du tueur. Pour Taylor Jackson, le lieutenant chargé de l'enquête, l'affaire prend une tournure personnelle : car un détail dans le profil de l'assassin a réveillé des souvenirs enfouis au plus profond d'elle-même...

Best-Sellers n°386 • thriller

La forêt de la peur - Michelle Gagnon

Dans les Appalaches, un terrifiant ossuaire est découvert. Pour l'agent Kelly Jones, du FBI, cette enquête tombe vraiment mal : elle espérait trouver dans les bras de Jake, ex flic reconverti dans la protection rapprochée, la force de surmonter le choc que lui a causé la mort tragique de son coéquipier. Mais d'autres corps sont retrouvés, portant la trace d'horribles sévices. Dès lors, Kelly ne peut s'empêcher de s'impliquer. Elle découvre qu'il n'y a pas un, mais deux tueurs. Deux assassins rivaux, lancés dans une atroce surenchère...

Best-Sellers n°387 • historique

La tentation de lady Blanche - Brenda Joyce

Londres et la Cornouailles, 1822

Sous des airs frivoles de riche héritière, Blanche Harrington cache une nature tourmentée, hantée par un drame de son enfance. Depuis, elle s'est juré de ne jamais se montrer vulnérable. Et de ne jamais accorder sa confiance à un homme. Mais sa rencontre fortuite avec sir Rex de Warenne, qu'elle surprend dans les bras d'une servante, va ébranler ses certitudes. A la fois choquée et fascinée par tant d'impudeur, Blanche ne peut s'empêcher de ressentir pour cet homme une attirance inavouable...

Best-Sellers n°388 • roman

Les amants de l'été - Susan Wiggs

Rosa Capoletti a de quoi être fière : orpheline de mère, elle s'est construite seule et fait carrière dans la restauration de luxe. Mais elle est toujours célibataire car elle ne peut oublier son premier amour : Alex Montgomery, le fils des riches voisins qui séjournaient chaque été sur la côte. Rosa n'a pas oublié leurs premiers baisers, et l'abandon, lâche et inexplicable, d'Alex, sorti de sa vie en entrant à l'université. Obsédée par ce douloureux souvenir, Rosa est pourtant décidée à rompre avec son passé. Mais voilà que, dix ans après son départ, Alex est de retour...

Best-Sellers n°382 • thriller

Collection macabre - Erica Spindler

A La Nouvelle-Orléans, la découverte d'un squelette de femme à la main coupée relance une affaire restée sans suite deux ans plus tôt : après avoir retrouvé plusieurs mains de femmes coupées, la police n'avait pas réussi à arrêter celui que la presse avait surnommé « le collectionneur». Chargée de l'enquête, l'inspecteur Patty O' Shay est sous le choc quand elle apprend que le badge de police de son mari, assassiné deux ans plus tôt, est retrouvé avec le squelette. Dès lors, elle n'a plus qu'une idée en tête : retrouver « le collectionneur ». Quel qu'en soit le prix…

Best-Sellers n°383 • roman

L'enfant du scandale - Barbara Delinsky

Hugh et Dana forment un couple harmonieux malgré leurs différences. Si Dana vient d'un milieu modeste et n'a jamais connu son père, Hugh, issu de la bourgeoisie bostonienne, a dû lutter pour faire accepter son épouse dans sa famille. Alors que l'arrivée d'un enfant semble apaiser les passions, c'est un véritable scandale que déclenche la naissance de la petite fille. Car, contre toute attente, le bébé a la peau sombre. Abasourdis, déchirés entre la joie et la soif de réponses, les jeunes parents décident d'explorer leurs racines, au risque de déterrer les secrets du passé…

Best-Sellers n°384 • suspense

Un danger dans la nuit - Lisa Jackson

Je sais ce que tu as fait, confesse tes péchés…

En écoutant ce message sur son répondeur, la psychologue Samantha Leeds plonge en plein cauchemar. Car l'appel lui rappelle le drame qui a marqué sa vie : le suicide d'Annie, une jeune auditrice perturbée qu'elle n'a pas pu sauver. Terrifiée, Samantha l'est d'autant plus que le harceleur est devenu un tueur qui viole et étrangle ses victimes en écoutant son émission. Tandis que les inspecteurs Bentz et Montoya pistent le meurtrier, Samantha se réfugie auprès de Ty Wheeler, son nouveau voisin, le seul homme auquel, croit-elle, elle peut encore faire confiance…

SCANDALE POUR UN MILLIARDAIRE, *Lynne Graham* • *N°2922*

Katie se bat pour offrir à ses jumeaux de neuf mois une vie décente. Et même si sa situation est précaire, elle refuse de faire appel à leur père, Alexandros Christakis, qui ignore tout de leur naissance. Mais Katie découvre un jour avec consternation que la paternité d'Alexandros vient d'être révélée à la une des journaux. Désormais, elle en est certaine, le puissant milliardaire grec va chercher à se venger d'elle...

A LA MERCI DE LA PASSION, *Margaret Mayo* • *N°2923*

Lorsqu'elle a accepté le poste de nounou offert par Santo De Luca, Penny ne s'attendait pas à travailler pour un homme aussi désagréable, et qui semble si peu s'intéresser à sa fille Chloe. Pourtant, malgré sa réprobation et sa colère, Penny devine peu à peu que Santo n'est pas aussi froid qu'il le paraît, et que son silence obstiné cache bien des secrets…

L'HÉRITIER DES LEOPARDI • *N°2924*

- Trilogie de Penny Jordan -

PREMIÈRE PARTIE

Depuis la mort de sa sœur, Julie élève le fils de celle-ci, un bébé de trois mois à qui elle est bien décidée à offrir tout son amour. Mais alors qu'elle rentre chez elle, Julie découvre devant sa porte la silhouette imposante d'un homme dont le regard est tout sauf amical. Un homme qui se présente comme l'oncle de Josh, et qui exige que l'enfant aille vivre dans la famille de son père, en Sicile...

AMOUREUSE D'UN HOMME D'AFFAIRES, *Carol Marinelli* • *N°2925*

Ainslie reprend courage. Elijah Vanaldi, un homme d'affaires richissime, vient de lui proposer un travail : s'occuper de sa nièce, à présent orpheline. Mais pour conserver la garde de l'enfant, Elijah exige bientôt qu'Ainslee se fasse passer pour sa fiancée…

LA MAÎTRESSE BAFOUÉE, *Sandra Marton* • *N°2926*

- Trilogie Irrésistibles Cheikhs -

TROISIÈME PARTIE

Scandalisée, Grace apprend que le cheikh Salim, un homme pour lequel elle a travaillé et dont elle a été la maîtresse, l'accuse d'avoir dérobé dix millions de dollars dans les caisses de sa société ! Certes, elle s'est enfuie sans même un mot d'explication, quelques mois plus tôt, mais elle cherchait alors à échapper à son amour sans espoir pour Salim, pas à cacher un ignoble délit…

Attention, numérotation des livres pour le Canada différente : numéros 1535 à 1540

www.harlequin.fr

collection Azur

Ne manquez pas, dès le 1er septembre

INACCEPTABLE TRAHISON, *Amanda Browning* • *N°2918*

Sofie est folle de joie. Elle vient enfin de dire « oui » à Lucas Antonetti. Une vie entière de bonheur l'attend en compagnie de l'homme de ses rêves. Mais sa joie s'envole en fumée lorsqu'elle reçoit une lettre anonyme. Une lettre qui lui fait comprendre que celui qui est désormais son mari l'a trahie de la plus abominable des façons…

ENCEINTE D'UN DON JUAN, *Abby Green* • *N°2919*

Convaincue qu'aux yeux de Xavier Salgado-Lézille, elle ne représente qu'une aventure sans avenir, Jane décide de mettre un terme à leur relation. Pourquoi attendre qu'il la rejette ? Elle ne souffrira que davantage de la rupture. Mais quatre mois plus tard, Jane découvre qu'elle est enceinte...

UNE SEULE NUIT D'AMOUR, *Susan Stephens* • *N°2920*

Enfant Secret Innocente et naïve, Kate a succombé le temps d'une nuit au charme de Santino Rossi, le célèbre producteur de cinéma. Une nuit inoubliable, et qui n'est pas sans conséquences… Car un bébé est né de ce bref moment de passion, une fille, Francesca, que Kate doit à présent élever seule.

MARIÉE SUR CONTRAT, *Catherine Spencer* • *N°2921*

Corinne est bouleversée d'apprendre que Lindsay, son amie d'enfance, a émis avant de mourir le souhait de la voir épouser son mari, Raffaello Orsini. Comment accepter de se marier avec un homme qu'elle n'a jamais vu et pour qui elle n'éprouve rien ? Pour autant, peut-elle refuser de respecter les dernières volontés de Lindsay ?

en se hissant sur la pointe des pieds pour l'embrasser avec une infinie tendresse.

Khalil reprit sa femme dans ses bras.

Il la porterait ainsi jusqu'au lit nuptial.